花鳥社

湖月訳 源氏物語の世界 II

島内景二

名場面でつづる『源氏物語』

湖月訳 源氏物語の世界 II

名場面でつづる『源氏物語』

目次

10　賢木巻を読む　95

11 花散里巻を読む 145

12 須磨巻を読む 176

13　明石巻を読む

はじめに

『源氏物語』の魅力は、原文にある

『源氏物語』の世界へ、ようこそ。

我が国で「古典」の代名詞となっているのが、『源氏物語』である。そして、不思議なことに、『源氏物語』は、いつの時代でも読まれ続けたので、常に「現代文学」のままだった。それほど、魅力に溢れているし、読者に生きる勇気と、新しい文化を作るためのインスピレーションを与え続けてきた。

その「原文」を理解するための最良の入門書が、『湖月抄』である。江戸時代に、北村季吟が著した。この本があれば、難解というイメージのある『源氏物語』の原文の意味が、理解できるだけでなく、深く鑑賞できるし、批評したり批判したりもできる。

『湖月抄』が入門書として優れている理由の一つに、「飽きがこない」という点がある。

辞書を引きつつ原文に挑戦する場合には、二つ目の帚木《ははきぎ》巻あたりが、早くも難所となる。

江戸時代には、「須磨源氏」という言葉があった。謡曲のタイトルでもある『須磨源氏』とからめて、物事に長続きしないことを揶揄《やゆ》したものである。ただし、『湖月抄』だと飽きは来ない。

現代語訳で読む場合には、どうだろう。「須磨帰り」（須磨返り）という言葉がある。意味的には、「須磨源氏」と同じだが、戦後によく使われるようになった。この頃は、既に現代語訳で『源氏物語』を読む時代になっている。現代語訳で読み進める場合の難所も、須磨巻のあたりだ、ということを示しているのではないか。現代語訳は、どんなに優れていても、飽きてくる。読者は、自分が何を求めてこの物語を読み始めたのか、そもそものモチベーションがわからなくなってくる。それで、このあたりで挫折してしまうのである。

それに対して、『湖月抄』は、原文を原文のままで理解し、鑑賞することの可能な、奇蹟の書物である。『湖月抄』があれば、須磨巻は、やすやすと超えられる。

本書は、紅葉賀巻から澪標巻までの「名場面」を味わう。気づいてみたら、須磨巻と明石巻を超えてしまっていることだろう。

原文を解説してくれる助言者たち

『源氏物語』は、北村季吟の著した『湖月抄』で読まれてきた。江戸時代、明治時代、大正時代、そして戦前の昭和時代まで、我が国の文化に影響を与え続けた『源氏物語』は、『湖月抄』だったのである。

本文の右横の行間には簡略な「傍注《ぼうちゅう》」があり、本文の上には詳細な「頭注《とうちゅう》」がある。「傍注」によって、本文の主語・述語・目的語、および言葉の意味が明らかとなる。また、「頭注」によって、本文の背景や鑑賞が可能となる。

本書は、『源氏物語』の中から屈指の名場面を選び、その「本文と傍注」を、大きく掲げる。

次に、『湖月抄』の「傍注」だけでなく「頭注」のエッセンスを取り込んだ現代語訳、すなわち「湖月訳」を掲げる。この「湖月訳」が、江戸時代から戦前の昭和時代までの『源氏物語』愛読者の共通理解だった。

『湖月抄』を、逐一検証した本居宣長は、『湖月抄』の解釈に異を唱え、『玉《たま》の小櫛《おぐし》』を著した。本書では、「湖月訳」の後に、「宣長説」を紹介し、季吟と宣長の思想対決に立ち合う。

最後の「評」では、その場面の「宣長説」を再検証したり、私自身の解釈や感想を述べる。

このスタイルで、二十一世紀にふさわしい、新しい『源氏物語』の解釈を発見できればと思っている。

「本文＝原文」のみでの通読は、辞書に助けられたとしても困難をきわめる。ところが、鎌倉時代から続いてきた解釈の歴史を理解すれば、『源氏物語』の原文は難攻不落ではなくなる。それが、『湖月抄』のありがたさである。

北村季吟が『湖月抄』を完成させたのは、延宝元年（一六七三）である。それ以前に、鎌倉時代の藤原定家をはじめ、室町時代の文化人たちが、この物語の原文に挑んできた。そのエッセンスが、『湖月抄』の傍注と頭注にはわかりやすく整理されている。『湖月抄』という書物からは、我が国が誇る大勢の文化人たちの「この箇所は、こう読んだらどうか」というアドバイスが聞こえてくる。それに賛同するもよし。それに納得せず、本居宣長のように、自分自身の解釈を発見するもよし。

『源氏物語』を読む行為は、決して孤独な読書ではない。楽しい「グループ読書」なのである。

わからないことは残る

『湖月抄』は、『源氏物語』の原文を、誰にでも理解できるようにしてくれた奇蹟の書物である。ただし、『湖月抄』は、あくまで入門書である。

私は、ながく大学で若い学生たちに文学を教えてきた。彼らが『源氏物語』に抱いている疑問点は痛いくらいに理解できている。

《 この物語は、本当にすべてを紫式部が一人で書いたのか。

どうして、紫式部本人が書いた自筆の原稿が、一行も残っていないのか。古文の教科書に載っている『源氏物語』は、紫式部が書いた自筆原稿と同じである保証がないのならば、いったい誰が書いた文章なのか。

『源氏物語』には、桐壺巻から夢浮橋巻まで並んでいるが、作者はこの順番で書いたのか。そうでないならば、どういう順番で書いたのか。なぜ、その順番が突き止められないのか。

しばしば、「この文章には二通りの解釈ができる」と教わるが、どうして、書かれてから千年間が経っても、作者が意図していた唯一の正解に、国文学者はたどりつけないの

か。 》

まことに耳に痛い質問ばかりである。

私は、「わからないことを、わからないと正直に教えるのが、国文学者としての良心だと思っている」と、答えてきた。

そして、「わからないことを、少しでもわかりたいと願って読み続けるのは、とても楽しいことだ。それが、『源氏物語』の魅力だと思う」とも、付け加える。

まずは、『湖月抄』に集約されている「中世」の研究成果を理解しよう。

それに対して、「近代へと続く大きな扉を開いた」とされる本居宣長が抱いた不満も、理解しよう。

そうすると、『湖月抄』も宣長も、結局は、男性としての読み方をしていることがわかり、近代の女性読者たちが抱いた強烈な不満も、わかってくる。

そして、現代では主流となった与謝野晶子・円地文子・瀬戸内寂聴などの読み方を超えるには、「原点」である『湖月抄』をもう一度読みなおす必要があるのではないかと気づかされる。

本書は、その試みである。
読者の皆さん、自分自身の求める『源氏物語』の読み方は、必ず見つかります。
『湖月抄』の世界へ、ようこそ。

【凡例】

一、「名場面でつづる『源氏物語』」というコンセプトのもと、『源氏物語』五十四帖の中から屈指の名場面を厳選し、それらの名場面が、中世・近世・近代と、人々にどのように読まれてきたかを探った。

一、作者の紫式部が『源氏物語』を執筆した当初には、和歌の「掛詞」を除いては、一つの文章には一つの意味しか存在しなかったと思われる。ただし、本文が繰り返し、人間の手で書き写される過程で、本文は乱れ、「オリジナルな原文」を復元できなくなり、解釈の困難な箇所が出現した。

また、異なる社会体制と異なる価値観が出現した中世・近世・近代では、人々が『源氏物語』に求める「主題」も変化した。その結果、場面の位置づけや、個々の文章の解釈が分かれた、という側面もある。

このような複数の「読み」の堆積を、そのまま残した貴重な文化遺跡が、北村季吟の『湖月抄』(延宝元年＝一六七三年成立)である。

一、本書で用いる『源氏物語』の本文は、「流布本《るふぼん》」として、近世以降、明治・大正に至るまで、『源氏物語』を読む人々が必ず目を通した『湖月抄』の本文である。

翻刻に際しては、著者の架蔵する版本を用いた。また、『北村季吟古註釈集成』（新典社）に影印されている『源氏物語湖月鈔』（全十一冊）も参看した。

一、本書では、『湖月抄』の本文と傍注を翻刻したが、傍注に記された説の出典を示す書目名称は、紙面の都合上省略した。

一、本文と傍注は、『湖月抄』の表記そのままではなく、仮名づかいは、現在の時点で正しいとされている「歴史的仮名づかい」に改めた。また、適宜、漢字を平仮名に、平仮名を漢字に改め、ルビを振り、送り仮名を加えた。

一、『湖月抄』の［本文と傍注］のあとに掲げた［湖月訳］は、『湖月抄』の本文と傍注だけではなく、『湖月抄』の「頭注」に書かれている内容も加味してある。［湖月訳］の中に、直前の［本文と傍注］からだけでは導き出されない訳文があれば、そこが「頭注」を加味した部分である。

頭注によって加味した部分を［　］などで囲み、視角的に明瞭にすることも考えたが、文章の中にも細かく入り込んでいるために、不可能であった。

一、［湖月訳］のあとに記した［宣長説］は、本居宣長の『玉の小櫛』（寛政八年＝一七九六年成立）に記されている説である。また、宣長が膨大な書き込みを加えた『湖月抄』が、松阪市の本居宣長記念館に所蔵されているが、それも絶えず参看した。

［宣長説］においては、『湖月抄』と『玉の小櫛』の解釈の違いを浮き立たせるように工夫した。

一、［評］は、『湖月抄』と宣長説の対立に関する私見と、『源氏物語』の当該場面に関する私見を述べた。

一、『源氏物語』の素晴らしさは、いつの時代の読者にも、新鮮な感動を与え、生きる喜びを与えてくれたことにある。それに加えて、混迷する社会情勢の中で、文明の進むべき道筋を提示してくれた。二十一世紀の『源氏物語』にも新しい主題解釈が可能であるし、それを模索することの大切さを、『源氏物語』の読まれ方の歴史は教えている。本書が、その一助になれば幸いである。

湖月訳 源氏物語の世界 II

7 紅葉賀《もみじのが》巻を読む

7―1 巻名の由来、年立、この巻の内容

まず、『湖月抄』の説くところに耳を傾けよう。「紅葉賀」という巻名は、神無月に、「紅葉の陰《かげ》」で、上皇である先帝《せんだい》（一の院）の「賀《が》」（四十歳の祝いとも、五十歳の祝いとも考えられる）が、催されたことから付けられた。ただし、この巻には、「紅葉の賀」という言葉は、見えない。花宴《はなのえん》巻や藤裏葉《ふじのうらば》巻には、「紅葉の賀」という言葉が見られる。

『湖月抄』の年立《としだて》によれば、光源氏十七歳の年の十月から、十八歳の七月まで。宣長説では、光源氏の十八歳の十月から、十九歳の秋まで。現在は、宣長説が採用されている。

この巻の主な内容は、先帝の祝宴である紅葉の賀で、光源氏と頭中将が、二人で見事な

「青海波《せいがいは》」を舞ったことと、藤壺が桐壺帝の子（実は光源氏の子）を出産することが、二つの山場である。

「罪の子の誕生」という深刻な内容を緩和するために、源典侍《げんのないしのすけ》という好色な老女が登場して、「物語の誹諧《はいかい》」（ユーモア、滑稽さ）を演出し、読者の笑いを誘う。

7―2　光源氏と頭中将、青海波を舞う……舞姿《まいすがた》の美学

桐壺帝は、先帝の住まいで挙行される紅葉の賀に先立って、宮中で試楽《しがく》（予行練習）を催し、藤壺にも見せようと思われた。光源氏は頭中将と二人で、青海波を見事に舞った。詩歌管絃の教養が重視された宮廷生活の中では、「舞」は、天皇・中宮・東宮・公卿だけでなく、后妃や女房たちからの視線も浴びる「宮廷文化の華」であった。

［『湖月抄』の本文と傍注］

朱雀院《すざくゐん》の行幸《ぎやうがう》は、神無月《かみなづき》の十日あまりなり。世のつねならずおもしろかるべき《イ「かべい」》たびのこと《かんべいとよむべし》なりければ、御かたがた《禁中の外なるゆゑ禁中の后宮は》、物見給はぬ《見給はずと也》ことを、くちをしがり給ふ。上《うへ》も、藤壺の見給はざらんを、あかずおぼさるれば、試楽《しがく》を御前《ごぜん》にて、せさせ給ふ。源氏の中将は、青海波《せいがいは》をぞ舞ひ給ひける。片手《かたて》には、大殿《おほとの》の頭《とうの》中将、かたち・ようい、人には殊《こと》なるを、立ちならびては、花のかたはらの深山木《みやまぎ》なり。入《い》りがたの日かげ、さやかにさしたるに、楽《がく》の声《こゑ》まさり、もののおもしろき程に、おなじ舞《まひ》の足踏《あしぶ》み、おももち《顔持也》、世に見えぬさまなり。詠《えい》など、し給へるは、これや仏《ほとけ》の御迦陵頻伽《かりようびんが》の声《こゑ》ならんと聞こゆ。おもしろく、哀れなるに、帝《みかど》、涙落とし給ふ。上達部《かんだちめ》・親王《みこ》たちも、皆泣き給ひぬ。詠《えい》はてて、袖うちなほし給へるに、待ち取り《詠の終はるを待ち》たる《受くる心也》楽のにぎははしきに、かほの色あひまさりて《源の曲に入りて舞ひ給ふ顔色をほむる也》、常よりも光ると見え給ふ。

春宮《とうぐう》の女御、かくめでたきにつけても、ただならずおぼして、「神《かみ》など、空《そら》にめでつべきかたちかな。うたて、ゆゆし」とのたまふを、わかき女房などは、「心うし」と、耳とどめけり。藤壺は、「おほけなき心なからましかば《彼心かけ給ふ事なからましかばと思ふ也》、まして《密通の事なくばと也》めでたく見えまし」とおぼすに、夢《ゆめ》の心地なんし給ひける。

［湖月訳］

桐壺帝の先帝《せんだい》である「一《いち》の院《いん》」は、現在は朱雀院《すざくいん》にお住まいである。このたび、めでたく、四十歳（あるいは五十歳）になられたので、桐壺帝はお祝いの賀を催されることになった。帝が朱雀院にお出ましになって、一の院を祝われるのは、十月の十日過ぎと決まった。

これは、桐壺帝の准拠（モデル）である醍醐天皇が、自分の先帝で、朱雀院に住まわれた宇《う》多《だ》法皇の賀を祝われた史実を、踏まえたものである。

まことに華やかな「盛儀《せいぎ》」となるに違いない行事ではあるが、宮中にお住まいのお后たちは、実際に見ることはお出来になれない。そのことを、残念に思っていらっしゃる。桐壺帝も、寵愛している藤壺が御覧になれないのを、物足りなく思われたので、盛儀の事前練習である試楽《しがく》を、宮中で催されたのである。

帝、后妃《こうひ》の方々、そして殿上人《てんじょうびと》たち、大勢が見守る中で、源氏の中将（光る君）が、「青《せい》海波《がいは》」の舞を披露なさる。良岑安世《よしみねのやすよ》が舞を作ったと伝えられる。二人で舞う曲なので、左大臣家の長男である頭中将が、光る君の相手役を勤めた。頭中将も、美貌の貴公子であり、所作も優雅なので、この世代の若者たちの中では抜きん出たお方なのではあるが、光る君と二人で並んでみると、美しい桜の花の横に立っている深山木《みやまぎ》としか見えない。むろん、深山には常緑樹も生《は》えていて、華麗な花と並んでも、緑にはそれなりの味わいがあることはある。

折《おり》から、入《い》り際《ぎわ》の夕陽が、ぱぁ〜っと明るく射してきた。舞に合わせて奏でられている楽《がく》の響きが、荘厳さを増し、見ている者たちには、心の底から感動が湧き上がってきた。「青海波」の舞の足の踏み方や、顔の表情などは、誰が演じても同じ所作《しょさ》であるはずだが、光る君が演じると、そうではなく、比類無く素晴らしいと思われるのだった。

「青海波」の奏楽が一時的に止《や》んだ。その時間を利用して、舞を務める人物が、漢詩句を朗誦する。これを「詠《えい》」と言う。青海波の詠《えい》は、小野篁《たかむら》の作詞である。光る君のお声が、響き渡る。その声を聞いている者たちには、「これが、極楽世界で妙なる声で鳴いているという、迦陵頻伽《かりょうびんが》という鳥の声なのではなかろうか。お釈迦様が仏法を説かれる声が、迦陵頻伽の声に喩えられているが、光る君のお声もそれと同じだ」と思われる。

舞《まい》といい、詠《えい》といい、あまりの素晴らしさに感動した帝は、はらはらと落涙される。居並ぶ公卿たちや親王たちも、一人残らず涙を流している。光る君の漢詩句朗誦が終わり、袖を返されると、それを待ち受けていた奏楽が、再び始まった。盛大な響きで鳴り渡る。華やかな奏楽と、「青海波」の曲に没入して、神がかった舞いを披露する光る君の紅潮した顔色とが映じ合って、ふだんから「光る君」と呼ばれていらっしゃるのに、その光がさらにいっそう増して輝いておられる。

春宮《とうぐう》の母君である弘徽殿《こきでん》の女御は、このように卓絶した光る君のお姿を見るにつけても、平凡な我が子と比べると、嫉《ねた》ましくてならない。「神様が空から御覧になったら、『ああ何と美しいことだ。彼の命を奪って、ここに連れて来たい』と思われるのではないかしら。ああ、不吉なこと。でも、できるなら、この君の命を奪ってほしいものだわ」などと、おっしゃる。弘徽殿の女御は、宇多天皇の皇子である雅明《まさあきら》親王が七歳で見事な舞いを披露したので、山の神に愛《め》でられて亡くなった、という伝説を意識しておられたのだろう。

この言葉を耳にした若い女房たちは、「何とも情けないお言葉だ」と思いながら聞き咎めていた。一方、藤壺は、「この舞と詠を披露された光る君に、私への愛という大《だい》それた心がなかったのならば、どんなにか素晴らしいものだと称賛できたことだろうか」と、自分たちが犯した取り返しのつかない過《あやま》ちを思い出してしまわれる。「もののまぎれ」そのものも、現在「罪の子」を懐妊している我が身も、現実世界ではなく、夢の中を漂っているようにお感じになる。

［宣長説］

頭中将について、「立ちならびては、花のかたはらの深山木《みやまぎ》なり」とある。この箇所について、『湖月抄』は、「常磐木《ときわぎ》」（常緑樹）も、それなりの趣きがあって素晴らしい、と述べているが、誤りである。頭中将は、ほかの人と比べたら優れているが、源氏の君と比べたら、お話にならない。人々は、源氏の君だけを見ていて、頭中将には目移りもしない、という文脈である。

［評］「常磐木」に関しては、文章だけの解釈では、宣長説が正しい。

懐妊中の藤壷は、人間離れした卓越性を示している光源氏を称賛して眺めながらも、なぜ、彼が父親である桐壺帝を裏切り、女御であり「義理の母親」でもある自分と過ちを犯すのだろうか、といぶかり、悲しんでいる。私が思うには、大きな瑕《きず》があるからこそ、光源氏という美玉は素晴らしいのである。「瑕のある最大の玉」として、光源氏は造型されている。

7―3　藤壺と光源氏、罪におののく……「罪の子」の誕生

紅葉の賀が催された翌年の二月十日過ぎに、藤壺は、皇子を出産した。光源氏の子であった。その秘密を知らない桐壺帝は、光源氏と顔がそっくりである皇子を見て、喜ぶ。それにつけても、光源氏と藤壺の苦悩は深い。「罪の子」の誕生は、後《のち》に、薫の誕生でも繰り返されるモチーフである。紫式部は、生まれながらにして「罪」を抱えてしまった人間の悲しみを直視し、それでも人間には生きる価値がある、と信じたいのだろう。

なお、この紅葉賀巻で、藤壺は「中宮」となった。

〔『湖月抄』の本文と傍注〕

四月《うづき》に、内《うち》へ参り給ふ《若宮参内ある也》。程より《誕生より三月め也》は大きに、およすけ給ひて、やうやう起き返りなどし給ふ。あさましきまで紛れ所なき《源によく似給ふ也》御かほつきを、おぼしよらぬ《密通は天子のおぼしよらぬ事なる也》ことにしあれば、「又《御門心也》、ならびなき同士《どち》は、げに、かよひ給へるにこそは」とおもほしけり。いみじうおもほしかしづくこと、限りなし。

（中略）

例の、中将《源氏也》の君、こなたにて、御あそびなどし給ふに、いだ《天子の》

き出で奉らせ給ひて《わか宮をいだかせて出で給ふ也》、「みこたち《勅定也》、あまたあれど、そこ《そことは源を》をのみなん《さしてのたまふ也》、かかる程より明暮《あけくれ》見し。されば、思ひわたさるる《思ひなぞらふる心也》にやあらん、いと、よくこそ覚えたれ《似給へると也》。ちひさき《いとイ》程は、皆、かくのみあるわざにやあらむ」とて、いみじくうつくしと思ひ《若宮をいとほしく思しめす也》聞こえさせ給へり。

中将の君、おもての色かはる《源氏下心ある故、赤面もすべくおぼす也》心地して、恐ろしうも、かたじけなくも、うれしくも、あはれにも、かたがたうつろふ心《心のいろのかほにうつろふ儀也　源の顔》地して、涙おちぬ《へうつるばかり上気せし也》べし。物語《若宮の御ありさま也》などして、うちゑみ給へる《常にをさなき人のさま也》が、いとゆゆしううつくしきに、我が身ながら、これに似たらんは、いみじういたはしうおぼえ給ふぞ、あながちなるや。宮《藤壺也》は、わりなくかたはらいたきに、汗もながれてぞおはしける。中将《源氏也》は、なかなかなる心地の、かきみだるやうなれば、まかで給ひぬ。

［湖月訳］

四月になって、若宮（後の冷泉帝）は宮中に参内《さんだい》なさる。二月に誕生して、まだ三月目《みつきめ》にしては、大きくお育ちになって、少しずつ自分でも起き返りなどもなさる。それにしても、見まがいようもないほどに、若宮の顔つきは、光る君とそっくりでいらっしゃる。帝は、まさか、若宮の本当の父親が自分ではなく、光る君であるなどとは、思いもよらないので、「ほかの者たちよりも格段に優れている者同士は、なるほど、顔つきが似てきてしまうのだろうかな」などと、思っておられる。帝は、若宮を、これ以上はないほどに可愛がっていらっしゃる。

（中略）

さて、光る君はと言えば、この日も、いつものように、藤壺様のお部屋に顔を出して、音楽の遊びに加わっておられた。そこへ、帝が、若宮をお抱きなさって、お見えになった。そして、おっしゃることには、「私は、たくさんの子どもに恵まれている。この若宮は、私の十番目の男の子だ。けれども、生まれた直後から、明けても暮れても、ずっと顔を見続けたいと願ったのは、あなた――光る君――くらいのものだ。だから、こうやって若宮を抱いていても、生まれたばかりだった頃のあなたのことを思い出してしまうのだろうかね。あの頃のあなたと、今の若宮が、まことによく似ているのだよ。そもそも、生まれたばかりの子どもというものは、そっくりなものなのだろうかね」。こうおっしゃって、若宮を、心から愛《いと》おしいと思っておいでになる。

それを聞く光る君は、自分の顔色が、さっと変わったのがわかった。「赤面する」という言葉があるが、まさに、光る君の心は、恥じ入るばかりだった。なぜならば、似ているのも道理で、生まれたばかりの若宮は、自分の子どもであるからだ。この秘密は、絶対に、帝に知られてはいけない。

そう思うと、光る君の心は、最初に、恐ろしいという気持ちでいっぱいだった。次には、もったいないお言葉だと思われた。次には、初めて、若宮——我が子——のお顔を拝見して嬉しさが込み上げてきた。その次には、ここまでお喜びになっている帝に対して、いたわしいという思いが湧いてきた。そのような赤面する気持ちが、顔色にも映し出されてしまいそうで、涙がこぼれ落ちてしまいそうになる。

光る君が、初めてお顔を見た、我が子・若宮は、何か、意味不明な声をお出しになって、笑っていらっしゃる。神に愛《め》でられて夭折してしまいそうなほどに、あまりにも可愛らしい。帝がおっしゃったように、自分と若宮が似ているのであれば、なるほど、若宮は可愛らしくいらっしゃるのだろうと、光る君が思っているのは、あまりにも自己評価が高すぎるというものです。

藤壺は、帝が罪の子を可愛がっておられるのを目にして、つらく、いたたまれない気持ちになって、全身びっしょり、冷や汗を掻いておられる。光る君も、帝から自分の幼い日の美貌を誉められたので、もっと喜ぶべきところだったが、やはり罪の子を前にすると、心が乱れてしまうので、早々に宮中を退出された。

［宣長説］

『湖月抄』の読みは浅い。浅すぎる。二点、反論したい。

「中将の君、おもての色かはる心地して、恐ろしうも、かたじけなくも、うれしくも、あはれにも、かたがたうつろふ心地して、涙おちぬべし」の「うつろふ」を、心の色が顔色に写る（映る）と解釈しているのは、誤りも甚だしい。ここは、心の中で、さまざまな思いが交錯し、移り変わっているのである。

「中将は、なかなかなる心地の、かきみだるやうなれば」の「なかなか」も、誉められて嬉しいのではなく、若宮の顔をやっと見られたのは嬉しいが、逢ったがために、かえって良心の呵責で心が乱れた、と読まなくてはならない。

前者の判断はむずかしい。『徒然草』序段の「心にうつりゆく由無《よしな》し事《ごと》」も、「写る」と「移る」の両方の意味があると考えられる。

後者は、宣長説が妥当である。『湖月抄』の読者も、宣長の批判を待つまでもなく、「えっ、この読みは浅いな」と感じることだろう。

［評］　『湖月抄』は、「恐ろしうも、かたじけなくも、うれしくも、あはれに

も」と、心情語を畳みかける文体に注目している。『詩経』の「切《せっ》するが如《ごと》く、磋《さ》するが如く、琢《たく》するが如く、磨《ま》するが如し」と畳みかける文章や、同じく『詩経』の「瑟《しっ》たり、僩《かん》たり、赫《かく》たり、咺《けん》たり」と畳みかける文章との類似を、指摘している。漢詩文に習熟した紫式部の教養が、畳みかける「やまとことば」の文体を生み出したのかもしれない。

8　花宴《はなのえん》巻を読む

8―1　巻名の由来、年立、この巻の内容

『湖月抄』の説では、「詞《ことば》を以て、名とせり」。ただし、本文には、「花の宴」ではなく、「桜の宴」とある。右大臣の屋敷で「藤の花の宴」を催したとあるが、我が国では「花」と言えば「桜」のことなので、「桜の宴」は、すなわち「花の宴」である。

光源氏は、十九歳で、宰相中将正三位《しょうさんみ》。桐壺帝は醍醐天皇が准拠《じゅんきょ》（モデル）であるが、醍醐天皇（在位八九七～九三〇）の御代に「花の宴」は、延喜十七年（九一七）と延長四年（九二六）の二度、催されている。桐壺帝の退位は近づいているので、延長四年の宴のほうが、紫式部に意識されていた可能性が高い。

宣長説では、源氏の君、二十歳の春。この巻では「桜の宴」とあるが、須磨・薄雲《うすぐも》・少女《おとめ》

の巻では、この時のことを「花の宴」と回想している。

この巻の内容は、二つある。宮中で催された花の宴で、光源氏が「春鶯囀《しゅんのうでん》」を見事に舞って称賛されたこと。そして、光源氏が朧月夜《おぼろづきよ》と契ったことである。

8―2 光源氏、朧月夜と偶然に出会う……春の夜の出会い

二月の二十日過ぎ、宮中の南殿《なでん》（紫宸殿《ししんでん》）の「左近の桜」を愛《め》でる宴が催された、光源氏は、見事な漢詩を創作し、また見事な舞を披露し、人々から絶賛された。

その夜、藤壺への侵入を断念した光源氏は、弘徽殿《こきでん》の建物に侵入し、若い女性と契る。

それが、朧月夜《おぼろづきよ》であった。

〔『湖月抄』の本文と傍注〕

夜《よ》、いたう更《ふ》けてなん、ことはてける《花宴はてし也》。上達部《かんだちめ》、おのおのあがれ《退出也》、后《きさき》・春宮《とうぐう》、かへらせ給ひぬれば、のどやか《閑なる也》になりぬるに、月、いとあかう《二十余日なれば更けてのさま也》さしいでて、をかしきを、源氏の君、酔《ゑ》ひ心地《ここち》に、みすぐし《月のけしきを也》がたくおぼえ給ひければ、「上《うへ》の人々《天子に御番の衆、》も、うちやすみて《皆ふししづまる也》、かやうに思ひかけぬ程に、もしさりぬべきひまもやある《藤壺に逢ひ給ふ事もやと也》」と、藤壺わたりを、わりなう忍《しの》びてうかがひありけど、かたらふべき《王命婦が局なるべし》戸口も鎖《さ》してければ、うちなげきて、なほあらじに、弘徽殿《桐壺(藤壺カ)のすぢかひ也》の細殿に立ちより給へれば、三《さん》の口《三の字、声に読む》あきたり《べし》。女御《弘徽殿は宴はててすぐに御直宿なりし也》は、うへの御局《みつぼね》に、やがて、まうのぼり給ひにければ、人ずくななるけはひなり。奥のくるるど《枢戸》もあきて、人おと《音》もせず。

「かやうにて《源の用心也》、世の中のあやまちはするぞかし」と思ひて、やをらのぼりて、のぞき給ふ《弘徽殿也》。人は皆、ねたるべし。いと、若う、《これ、朧月夜の内侍也》をかしげなる声の、なべての人とは聞こえぬ、「おぼろづきよに似るものぞなき」と、うちずンじて、こなたざまにくるものか《この「か」の字、清みて読む也》。いとうれしくて《源の心也》、ふと、袖をとらへ給ふ。女、

「おそろし」と思へる気色にて、「あな、むくつけ《おそろしと云ふ詞也》。こは、誰《た》そ」とのたまへど、「何か《源詞也》、うとましき」とて、

（源）ふかき夜《よ》のあはれを知るも入る月のおぼろけならぬ契《ちぎ》り
とぞ思ふ

とて、やをらいだきおろして《かたはらにいざなひたるさまにや》、戸《と》は押し立てつ。

［湖月訳］

華やかな「花の宴」のすべての行事が終わったのは、夜がかなり更《ふ》けてからだった。参列していた公卿たちは、三々五々、退出していったし、中宮（藤壺）も、春宮《とうぐう》（後の朱雀院）も、お戻りになった。そのあとの宮中は、まさに「宴《うたげ》のあと」で、高揚感を残しつつも、しずかな情緒が漂い始めていた。

「花の宴」の主役だった光る君には、まだ、心の中に熱気の滓《おり》が残っていた。二月の二十日過ぎなので、月の出は遅い。やっと、月の光が、宮中を照らし始めた。その情緒を、一人で楽しんでいた光る君は、宴の折に口にしたお酒の酔いもあったのか、誰かと一緒にこの月の美しさを眺め、語り合いたいという思いを抑えきれず、大胆な行動に出られる。「帝にお仕えしている者たちも、もう寝静まったことだろう。こういう、思いもかけぬ時に、もしかしたら、千載一遇の好機があって、藤壺様とお逢いできるかもしれない」と期待して、光る君は、藤壺（飛香舎《ひぎょうしゃ》）のあたりを、自分でも止《と》めることができずに、忍び歩かれる。むろん、手引きをしてくれる王命婦《おうみょうぶ》を当てにしているのだが、彼女の局《つぼね》にはしっかり錠が鎖《さ》してあって、入れない。

思わず、溜め息をついた光る君は、「昼間の宴の高揚感、月の光に催された感興、藤壺様への愛などで、火がついた私の心は、このままでは終われない」と、青春の熱い情熱の向かう相手を求めて、藤壺の筋交《すじか》い（すぐ東側）にある弘徽殿《こきでん》の様子を、窺われる。すると、弘徽殿の細殿《ほそどの》（渡り廊下）の「三《さん》の口《くち》」（北から三番目で、最も南側の戸口）が開いているではないか。ここの女主人である弘徽殿の女御は、花の宴が終わったあと、そのまま、「上《うえ》の御《み》局《つぼね》」に上《のぼ》られ、帝と夜をご一緒されている。お付きの女房たちも、同行しているので、いかにも人少なであるように感じられる。部屋の奥のほうに通じる、枢《くるる》の付いた戸も開いたままである。人の声どころか、人のいる気配もしない。

光る君は、部屋の中に足を踏み入れながら、そういう我が身を省《かえり》みて、「こういうふうにして、世の中の男というものは、過《あやま》ちを犯すのだろうな」と思われる。だが、そこで引き返すことはなく、過ちのただ中へと巻き込まれてゆかれる。そっと、上《のぼ》りながら、弘徽殿の中を覗き込まれる。女房たちは、皆、寝静まっているようだった。と、そこへ、とても若々しい、美しい声が聞こえてきた。女房などではなく、姫君であろうと思われる、気品のある声である。その女は、後に、朧月夜《おぼろづきよ》の内侍《ないし》と呼ばれることになる。

女は、「朧月夜《おぼろづきよ》に似るものぞなき」と、口ずさんでいるようである。大江千里《おおえのちさと》の、「照りもせず曇りもはてぬ春の夜の朧月夜に如《し》くものぞなき」という歌の下《しも》の句《く》である。「如《し》く」は男性の好む漢語調なので、大和言葉の「似る」のほうが、女性が口ずさむのにはふさわしい。

その声が、何と、光る君のほうへと近づいてくるではないか。女も、光る君と同じように、月を愛《め》でたがっているのだろう。男君は、うれしさのあまり、とっさに女の袖を手で握って、お捕《と》らえになる。女は、「恐ろしい」と感じているような声で、「まあ、何て恐ろしいこと。誰が、こんなことを」とおっしゃられるが、男君は、女を安心させるような優しい声で、「そんなに嫌がられるような男ではありませんよ」とおっしゃって、歌を詠まれた。

ふかき夜《よ》のあはれを知るも入る月のおぼろけならぬ契《ちぎ》りとぞ思ふ

（私は、誰も見る人もいない月を愛《め》でて、逍遥《しょうよう》しておりましたところ、偶然に、私と同じように月を愛でておられるあなたと、出会いました。春の夜の月は朧《おぼろ》でも、山の端《は》に沈む時には、さやかになります。あなたと私は、月の美しさを知る者同士として、決して「おぼろけ」（普通）ではない、強い必然性で巡り合ったのです。前世から決まっていた宿命だったのでしょう。）

こう歌いつつ、男君は、女君をそっと抱き下ろして、別の部屋にお連れして、ぴたりと戸を閉めてしまわれた。

［宣長説］

「かやうにて、世の中のあやまちはするぞかし」という言葉を、『湖月抄』は、男の側がこういうふうにして過ちを犯すと解釈しているが、男と女の立場が逆である。ここは、「こういう戸締まりの悪さから、女たちは過ちに巻き込まれてしまうのだろう」と、光る君が気づいたのである。

宣長の弟子の鈴木朖《あきら》は、「やをら、いだきおろして」に関して、『湖月抄』の説は不明瞭だと批判している。前に、「やをら、上り給ふ」とあるのだから、ここは、「細殿《ほそどの》に下《お》りた」という意味だと主張している。


［評］男の過ちなのか、女の過ちなのか。どちらとも解釈できる。現在は、「こういうふうにして、男女の過ちは起きるのだ」と、折衷した解釈がなされることもある。

なお、このあと、光源氏は、女に向かって、「まろは、皆人に許されたれば」（私は何をしてもよいと、皆から許されているのですよ）と語る。この箇所に関しても、『湖月抄』は、「教訓読み」を展開している。

「この場面は、ことごとく、女性読者への戒めとして書かれている。朧月夜は、軽々しく、夜中に一人歩きしていたので、このような光る君との過ちに陥ってしまった。儒教の書にも、漢詩にも、女性は、明るい火を点《とも》さずに夜に外出してはならないとか、朝早く、露がたくさんおりている時には、女性は外出しないものだ、などと書かれている。女性読者は、ここのところを、とくと心に刻むべきである」。

二十一世紀の現代では、まったく通用しない女性への教訓である。ただし、「教訓読み」を嫌悪している宣長でさえ、「かやうにて、世の中のあやまちはするぞかし」に関して、女性の側に落ち度がある、と解釈している。宣長もまた、「男性読み」をしているのである。

そう考えると、光る君が、「こんなことをしたら、過ちを犯してしまうことになる」とわかっていながら、あえて、一歩、踏み出すという、『湖月抄』の解釈でも良いような気がする。そして、明治時代の与謝野晶子は、『湖月抄』の教訓読みも、本居宣長の「もののあはれ」も、どちらも「男の側に都合のよい読み方」だとして、否定したかったのだろうと、わかってくる。

8―3　光源氏、朧月夜と契る……「草の原」という源氏詞《げんじし》

光源氏が朧月夜と契りを結んだ場面を読もう。ここに、「草の原」という言葉が出てくる。『源氏物語』で用いられ、後の時代に本歌取りされるようになった言葉を、「源氏詞《げんじし》」と言う。「草の原」は、「墓場・墓所」を意味する普通名詞であるが、花宴巻で用いられ、藤原俊成に称揚されたことで、『源氏物語』を代表する「源氏詞」の一つとなった。

【『湖月抄』の本文と傍注】

「わびし《女のさま也》」と思へるものから、「なさけなく、《女の心、源になびきたる也》こはごはしうは
見えじ」と思へり。酔ひ《源氏も也》心地や例《れい》ならざりけん、ゆるさんこ《女をただにゆるし》
とはくちをしきに《かへさん事は本意なしと也》、女も、若う、たをやぎて、つよき心も知

らぬなるべし。

「らうたし《源氏心也》」と見給ふに、程なく明けゆけば《春夜のみじかき也》、心あわただし。

女は、まして、さまざまに思ひみだれたるけしきなり。

「なほ《源の詞也》、なのりし給へ。いかでか聞こゆべき《向後、何としてか申し通ずべきぞと也》。かうで止みな《朧月夜も今夜ばかりにては、》んとは《えやみ給はじと也》、さりともおぼされじ」など、のたまへば、

うき身《朧月》世にやがて消えなば尋《たづ》ねても草の原をば訪《と》はじと
や思ふ

と言ふさま、艶《えん》に、なまめきたり。「こと《源詞也》わりや、きこえた《此の所両説也》がへたるも、しかな」とて、

已来も尋ねとふべきに、名をきかずは、誰としるまじければ、そなたをいづれぞと問ひわかんまに、

いづれぞと露のやどりをわかむまにこざさが原にかぜもこそふけ

さまざまさわがるべき物をとの心也　さわぐ事也

源の詞也

「わづらはしうおぼすことならずは、なにかつつまん。もし、すかい給ふか」とも、え言ひあへず、人々、起きさわぎ、

源をたばかりて、又とあはじとて、名のり給はぬかと也

弘徽殿也　弘徽殿の上の御局也　前に註す　御むかへの人、行きまよふ也

上の御局にまゐりちがふ気色ども、しげくまよへば、いとわりなくて、扇ばかりをしるしに取りかへて、出で給ひぬ。

両方取りかへて也　源の出で給ひぬると也

［湖月訳］

男君から突然に接近された女は、「どうしたらよいか、わからない」と、つらがる一方で、おそらく、光る君であろうと思われる男君から、「恋愛の情趣を理解しない、無愛想で強

情な女だとは思われたくはない」と思っている。この時、女は、既に男君に心が靡いていたのである。

光る君もまた、弘徽殿《こきでん》に足を踏み入れる時もそうでしたが、花の宴の酔い心地が、これまでにないほど強かったのでしょう、目の前の女と、何事もなくて朝になってしまうのが残念なのです。女もまた、まだ若くて、なよなよとしているので、心を強く持って男を拒み通すことは、できそうにありません。というわけで、二人の間には「実事《じつじ》」が交わされました。

男が女のようすを「いじらしい」と思っているうちに、あっという間に、短い春の夜は明けてきたので、何かと落ち着かない。女のほうは、こういう実事には疎《うと》かったので、心の中で思い悩むことがたくさんあり、男にもはっきりわかるほどに悩んでいる。

男は、これまでに何度も、女の名前を尋ねていたのだが、もう一度、「なかなか名前を教えていただけませんが、やはり、教えてくださいませんか。名前もわからないままお別れしたら、このあと、どうすれば、あなたと連絡が取れるのですか。これっきりの関係で、私たちの関係を終わりにしようとは、あなたは思っていないでしょう」などと、おっしゃる。

すると、女は、和歌で返事をした。
憂《う》き身《み》世にやがて消えなば尋ねても草の原をば訪《と》はじとや思ふ
（あなたとこんなことになって、つらい思いをした私は、生きているのに耐えきれずに、このまま死んでしまうでしょう。そして、草の原の中のお墓に葬られることでしょう。そうなっても、あなたは、私の名前がわからないからといって、お墓まで尋ねてきてくださらないのですか。愛さえあれば、私の名前など簡単に突き止めて、逢いに来てくだされるはずです。）
こう歌う女の様子は、優艶《ゆうえん》、いや妖艶《ようえん》ですらある。
光る君は、「なるほど。尤《もっと》もな仰《おお》せです。先ほどの私の申しかたでは、いかにも言葉足らずでした。その理由は、かくかくしかじかです」とおっしゃって、自分も和歌で、弁明なさる。
いづれぞと露のやどりをわかむまに小笹《こざさ》が原《はら》に風もこそ吹け
（あなたの名前とお住まいが正確にわからないと、あなたとの連絡を取ることができません。どうも、右大臣家のお方のようですが、私と右大臣家との間はうまくいっておりませんので、余計な邪魔が入って来《き》はしないか、と心配しています。）

そして、「私との関係を面倒だとお思いでないのならば、どうしてお名前を教えてくれないのですか。私に気があるふりをして、私をだまし、もう二度と逢わないおつもりではないでしょうね」と迫られる。その説得の言葉も終わらないうちに、弘徽殿の奥のほうでは、あわただしい動きが始まった。昨夜、清涼殿《せいりょうでん》にある「上《うえ》の御局《みつぼね》」にお泊まりになった弘徽殿の女御のもとへ向かう女房と、上の御局から戻ってくる女房とが、頻繁に行き交《か》っているので、どうしようもなくなった光る君は、女と、お互いの扇を今回の逢瀬のしるし、そして、次に逢う時のしるしとして、交換し合った。そして、光る君は、弘徽殿をあとにされたのだった。

【宣長説】

「ことわりや、きこえたがへたるも、しかな」を、『湖月抄』は「両説也」と書いているが、どちらも、誤りである。「両説」というのは、「きこえたがへたるも、しかな」の「しかな」は、「さぞな」という意味だとする説と、「しかなり」という意味だとする説の二つであるが、どちらも間違い。ここは、「きこえたがへたるもじかな」、つまり、「文字かな」なのである。この「文字」は「言葉」という意味であり、先ほどの自分の言葉は言い間違いであった、と光源氏が弁明しているのである。

［評］「ことわりや、きこえたがへたるも、しかな」なのか、「ことわりや、きこえたがへたるもじかな」なのか。現在の諸注は、宣長説に立つ。古文が濁点を表記しない「エア・ポケット」を、宣長の眼力は鋭く見抜いた。

ただし、口で話した音声を「文字」というのは、いささか不自然なようにも思う。だから、宣長以前の碩学《せきがく》たちも、「しかな」の意味を考えあぐねていた。『源氏物語』の本文整定は、紫式部の自筆原本がどこにも存在しない以上、至難の業である。研究者の学力だけで、失われた「自筆原本」が復元できるかどうか、はなはだ疑わしい。今は、紫式部が『源氏物語』を書いてから約八百年後に、本居宣長によって正しい解釈がなされたようだ、と考えておこう。

なお、朧月夜の歌に用いられている「草の原」という言葉は、『六百番歌合《ろっぴゃくばんうたあわせ》』（一一九三年）で藤原良経《りょうけい》（ヨシツネ、とも）が詠んだ歌の解釈をめぐって、脚光を浴びた。

見し秋を何に残さん草の原ひとつに変はる野辺のけしきに

この良経の歌に関して、「草の原」という言葉を問題にした批判者に対して、歌合の判者を務めた藤原俊成《しゅんぜい》は、花宴巻の「草の原」を知らないのか、と一喝した。あまつさえ、

源氏見ざる歌詠みは、遺恨のことなり。

という名言を残した。ここから、『源氏物語』は、中世歌人の必読書となったのである。

さて、朧月夜は、光源氏が予想した通り、右大臣の「六の君」であり、弘徽殿の女御の妹だった。三月の二十日過ぎ、二人は、右大臣家で催された藤の花の宴で、再会した。

9 葵《あおい》巻を読む

9―1 巻名の由来、年立、この巻の内容

『湖月抄』は、「巻の名、歌を以て号す」として、光源氏と源典侍《げんのないしのすけ》の「あふひ」の贈答歌を挙げている。「葵祭」とも呼ばれる賀茂祭が背景となっている。

はかなしや人のかざせるあふひゆゑ神のしるしのけふを待ちける　源典侍

かざしける心ぞあだにおもほゆる八十氏人《やそうじびと》になべてあふひを　光源氏

源氏二十一歳から二十二歳の正月まで。直前の花宴巻が、十九歳の三月までだったので、葵巻の始まるまでに、十九歳の四月から、二十歳の期間のすべてが省略されている。

この期間に、桐壺帝の退位と朱雀院の即位、冷泉院の立坊《りつぼう》（東宮即位）、弘徽殿の女御が「大后《おおきさき》（皇太后）」となること、新しい斎宮と斎院の卜定《ぼくじょう》、光源氏が大将となること、などの

動きがあった。

宣長は、「源氏の君、二十二歳から二十三歳の正月まで」。花宴巻と葵巻の間に、一年以上の空白があることを、詳しく考察している。

この巻では、「車争い」で六条御息所が屈辱を受けたこと、葵の上が夕霧を出産後に六条御息所の生霊《いきりょう》に祟《たた》り殺されたこと、光源氏と紫の上が「新枕《にいまくら》」を交わしたことなどが語られる。

9―2 六条御息所、葵の上から辱めを受ける……「車争い」のモチーフ

六条御息所は、年下の光源氏の自分への愛が薄れたことを嘆き、斎宮に任命された娘が伊勢の国に下るのに同行しようか、と思い始める。折しも、賀茂祭（葵祭）に先立って行われる斎院の御禊《ごけい》の日に、光源氏の姿を見ようとした御息所は、葵の上の一行から、牛車を押しのけられる屈辱を受けた。

平安京の人々にとって、賀茂祭の見物は楽しい娯楽だった。『枕草子』にも、見物の場

所をめぐって、先に停《と》まっていた牛車《ぎっしゃ》を、後《あと》から来た貴人の牛車が立ち退《の》かせる場面がある。

【『湖月抄』の本文と傍注】

日、たけゆきて、けしきも、《葵の上出で給ふ様体もとりあへぬさま也》わざとならぬさまにて、出で給へり。ひまもなう、立ちわたりたる《物見車也》に、よそほしう、引きつづきて、立ちわづらふ。よき女房車おほくて、ざふざふ《雑雑也》の人《雑人也》なきひまをおもひさだめて、みな、さしのけさする中《なか》に、あじろの《御息所の車也》、すこし《網代車也》なれたる《ふりたる也》、したすだれのさまなど、よしばめる《よしよししき也》に、いたう引き入りて《忍びたる也》、ほのかなる袖口《そでぐち》、裳《も》の裾《すそ》、汗衫《かざみ》など、物の色、いときよらにて、ことさらにやつれたるけは《わざとやつし忍びたる体のあらはなる也》ひしるく見ゆる車、二つあり。「これは、さらに、さやうに《御息所方の人の言ふ也》、さしのけなどすべき御車にもあらず」と、口強《くちごは》くて、手触れさせず《手さへさせぬ也》。いづかたにも《草子地也》、わかき者ども、ゑひすぎ、立ちさわぎたる《人々沈酔したる故に制止にかかはらざる也》ほどのことは、えしたためあへず。おとなおとなしき御前《ごぜん》の人々《地下の前駆也》は、「かくな」なンど言へど、え止《とど》めあへず。斎宮の《草地の註に書く也》御母御息所、「物おぼしみだるる慰めにもや」と、しのびて、出で給へるなりけり。つれなしづくれど、おのづから見しりぬ《御息所ぞと也》。「さばかりにては《葵上の人々の詞也》、さ、な言はせそ。大将殿をぞ、がうけ《豪家也》には思ひ聞こゆらん《けんもんふりするを云ふ心也》」など言ふを、その御かたの人々もまじれば、「いとほし」と見ながら、用意《ようい》せんもわづらはしければ、しらずがほをつくる。つひに、御車ども《葵の方の車也》、立てつづけつれば、人だまひ《出車也　雑車云々》の奥におしやられて《御息所の御車のさま也》、物も見えず。心やましき《御息所心也》をば、さるものにて、かかるやつれを、それと知られぬるが、いみじうねたきこと、限りなし。しぢなども《牛などはづしたる也》、みな、押し折られて《牛なからば榻を用ゐる事なき也》、すずろなる《心にもあらぬやうの詞也》車の轂《どう》に打ちかけたれば、又なう、人わろく、くやしう、「何にきつらん《御息所の心中なり》」と思ふに、かひなし。

［湖月訳］

光る君の子ども（後の夕霧）をお腹に身ごもっている葵の上の気を引き立たせようと、周囲の者たちは、賀茂の御禊《ごけい》の見物をすることを強く勧めた。葵祭に先立ち、斎院は、賀茂川で禊《みそぎ》をなさる。それが、「御禊」である。斎院のお供として、光る君も従われる。それを見ようと、急遽、牛車を何台も仕立てて、左大臣家を出発なさる。

急に決まった外出なので、屋敷を出たのは、もう日が高くなってからだった。とにかく出かけることが先決なので、それほどまでには格式張らぬ出で立ちだった。朝早くから到着して、良い場所を確保することに成功した物見車《ものみぐるま》が、既にびっしりと立ち並んでいる。葵の上たちの牛車は、数も多く、格式張らないとは言っても、美麗な装いで、車を停《と》める場所を見つけあぐねた。

葵の上の女房たちが乗った、綺麗な飾り付けの物見車を停めるために、既に停まっている車の中から、お供の男たちが付き従っていない車を見つけては、次々に、そこを立ち退《の》かせる。左大臣家という権門に驕《おご》った振る舞いと言わねばならないだろう。

強引に所払いをさせられる車の中に、少し古ぼけた網代車《あじろぐるま》があった。後《のち》に、六条御息所の車だと判明するのだが、掛けてある下簾《したすだれ》の雰囲気が、いかにも上品である。乗っている女性は、お忍びで来ておられるのだろう、奥のほうに引き籠《こ》もっていて、外からは見えない。わずかに見える、お供の女房の袖口や、裳の裾、さらには女童《めのわらわ》が着る汗衫《かざみ》などは、色合いが洗練されていて美しい。この上もなく高貴な女性が、お忍びで、わざと装いを質素に窶《やつ》してお見えになっていることが、一目瞭然である。その牛車が、二輛、停まっている。葵の上の従者たちが、その二輛を強引に立ち退かせようとすると、さすがに、その車（六条御息所の車）の従者たちが、懸命に抵抗する。「このお車は、あなたたちが、簡単に立ち退かせられるような、そういうお車ではありませんぞ」。

抵抗する側も、強引に立ち退かせようとする側も、どちらも、若い男たちは酒を飲んで酔っていました。人生経験が乏しくて、未熟な若者たちは、葵の上の側も、六条御息所の側も、怒りを抑制するすべを知りませんでした。だから、一触即発の事態は、未然に収めることができず、爆発してしまったのでしょう。それぞれの側にいる年長の大人たちが、「そこまで、してはいけない」などと叫んでも、若者たちの衝突を止めることはできなかったのです。

実は、この時、二輛の牛車には、斎宮に卜定《ぼくじょう》されたお方の母親である御息所と、その付添の女房たちが、乗っておられたのでした。六条御息所は、「若い光る君から忘れられつつある嘆きが、少しでも癒されるかもしれない」と思って、その光る君のお姿をこっそり眺めようとして、ここに来ておられたのです。御息所は、車に乗っているのが自分であると、ほかの見物人たちから悟られないように配慮しておられたのですが、どうしても、わかってしまいました。

そうと知った葵の上の従者たちは、とたんに、侮《あなど》ります。「何だ、かつて東宮だった人の未亡人か。何でも、うちのお姫様（葵の上）のご主人である大将殿《だいしょう》（光源氏）の、歳《とし》の離れた『通い所』となっている人だな。こちらは、その大将殿の『北の方』でいらっしゃるんだぞ。通い所ふぜいの女に、『この車は触っていけない』などと、偉そうなことを命令される筋合いなど、まったくないぞ。そっちは、大将様のお力をお借りしているのだろうが、そうはいかないぞ」と、耳にするのも憚られる罵《のの》り方をする。

実は、この葵の上の一行の中には、光る君に仕えている従者たちも、交じっていた。彼らは、ご主人の光る君と六条御息所の関係を知っているので、「六条御息所が、かわいそうだな」と、思わないでもない。だが、ここで六条御息所の肩を持てば、葵の上の側の従者たちの猛反発を買うことは必定《ひつじょう》である。そこで、彼らは、素知らぬふりをして、事態をやり過ごそうとする。このあたりの機微は、突然に怒った喧嘩が、どうして止められなかったのか、その理由をありありと教えてくれている。

とうとう、葵の上の従者たちは、葵の上の乗った牛車を、強引に停めてしまった。それだけでなく、その付添の女房たちの車も、陣取った。その結果として、それまでは、物見が可能な位置に停車していた六条御息所の車は、葵の上の付き添いの女房たちの乗った車の、さらに後《うし》ろへと、押しやられてしまった。もはや、行列を見物することもできない。

こういう無礼を働かされた御息所が、いまいましく思ったのは、言うまでもない。自分の正体を見あらわされたうえに、「その程度の女」と馬鹿にされた屈辱は、葵の上への妬ましい気持ちを倍加させたのだった。あとから考えれば、これが、御息所が生霊《いきりょう》となって、葵の上に祟《たた》りをなした契機なのだった。

御息所の乗った車の「榻《しじ》」（トウ）は、「どけ」「どかぬ」の大騒ぎの際に、完全に破壊されて、折れてしまった。「榻」は、車を停めるために牛をはずしたあと、「轅《ながえ》」を載せて固定するための物である。その榻《しじ》が、壊れてしまったので、御息所の乗った車の轅《ながえ》は、何とか停止状態を保つために、ほかの車の車輪の中にある「轂《どう》」（コシキ）の中に押し入れてある。何とも、みっともない。気位《きぐらい》の高い御息所は、光る君のお顔を見て心を慰めようと思った自分自身の思いつきが、悔しくてたまらない。「どうして、私は、ここに来てしまったのだろうか」と思うのだが、後悔先に立たず、である。

［宣長説］

宣長は、「人だまひ」を、付き添いの女房たちの乗る車だ、と述べている。これは、『湖月抄』が、「人だまひ」を「いだしぐるま」と同じ意味だとしていることと関連がある。「いだしぐるま」は、祭見物などの祭に、女房たちのために官から貸し出される車のことである。『湖月抄』でも、宣長説でも、さほど意味は変わらない。葵の上の付添の女房たちの車に押しやられて、六条御息所の車がうしろに追いやられた、という状況である。

［評］　現在は、「よき女房車おほくて」は、先に停めている車と解釈するが、『湖月抄』は、葵の上一行の車だという。宣長も、それに反対していない。

このあと、賀茂祭（葵祭）の当日、光源氏は紫の上と同車して、見物に出かける。好色な老女である源典侍《げんのないしのすけ》と、「あふひ」（「葵《あふひ》」と「逢《あ》ふ日《ひ》」の掛詞）の歌を贈答する。この場面が、巻名の由来である。

源典侍は、末摘花と並んで、「物語の誹諧《はいかい》」を担う重要な端役《はやく》（バイ・プレーヤー）である。六条御息所の「生霊」の出現という深刻な内容を、源典侍のもたらす笑いが絶妙に緩和している。

9―3　六条御息所の生霊、葵の上を苦しめる……「物《もの》の怪《け》」の脅威

『源氏物語』は、『竹取物語』のように、月の世界の住人も登場しないし、『うつほ物語』のように波斯国《はしこく》（ペルシャ）まで漂流することもないし、『狭衣物語《さごろもものがたり》』のように天人が空から舞い降りてくることもない。だが、「物の怪」（生霊《いきりょう》・死霊《しりょう》）は蠢《うごめ》いている。「霊の世界」の存在が、信じられていたのである。

9—3—1　葵の上に取り憑いた物《もの》の怪《け》……憎悪の念の強さ

『湖月抄』の本文と傍注

「まだ、さるべき程にもあらず」（葵上の御産の事也）と、皆人も、たゆみ給へる（油断の心也）に、俄《にはか》に、御けしきありて（御産のけしきみゆる也）、なやみ給へば、いとどしき御いのりのかずを尽《つ》くしてせさせ給へれど、例《れい》の、執《しふ》ねき御もののけひとつ、さらに動かず。やんごとなき験者《げんざ》ども、「めづらかなり」（不思議なる霊なりと申す也）と、もてなやむ。さすがに、いみじう調《てう》ぜられて、心ぐるしげに（葵のさま也）泣きわびて（霊のなす事也）、「すこし、ゆるべ給へや。大将に（葵上の源に）、聞こゆべき《物をのたまふ也》こと有り」と、のたまふ。「さればよ。あるやうあらん」とて、近き御几帳《みきちやう》《葵のそばちかき也》のもとに入れ奉り《源氏を也》たり。

［湖月訳］

祭見物のあと、葵の上は物《もの》の怪《け》に悩まされ始めた。正体不明の物の怪に取り憑かれて苦しみながら、葵の上の出産が近づいてくる。葵の上を見守る方々も、「まだ、お産が始まるまでには時間があるだろう」と、油断なさっていた。ところが、突然、葵の上に、出産の兆候が見られ、それに伴って、ひどく苦しみ始められる。験者《げんじゃ》たちは、あらゆる秘術を尽くして、物の怪を調伏《ちょうぶく》しようと祈り続けるのだが、例によって、一つだけ、最後まで調伏されずに、まったく憑坐《よりまし》にも移らない、しつこい物の怪があった。霊験あらたかな験者たちも、「それにしても不思議な霊がいるものだ」と、処置に困《こう》じている。けれども、最後まで残った、しつこい物の怪も、験者たちの懸命の祈禱が効果を示し始めたものとみえ、いかにも辛《つら》そうに泣き始めた。そして、とうとう、口を開いた。「ああ、苦しい。ちょっとでよいですから、祈禱を中断してください。光る君に、一言、申し上げたいことがありますので」。

この声は、葵の上の声なのだが、彼女に取り憑いた物の怪が、そう言わせているのである。見守る方々も、「やっと、物の怪も弱ってきたか。何か理由があって、光る君に言いたいことがあるのだろう」と考え、葵の上が臥している寝床の前の几帳《きちょう》の近くまで、光る君をお入れ申し上げる。

［宣長説］

宣長は、特に意見は述べていない。

［評］ 物の怪の脅威の強さは、霊になった人の怒りと憎しみの強さに比例する。左大臣に敗北して権力を失った者たちの政治的な恨み、光源氏の愛をめぐって正妻である葵の上に向けられる女たちの嫉妬。その中で、車争いで屈辱を受けた六条御息所の怨恨は、最大のものだった。

9―3―2　生霊と光源氏との対決……物の怪の詠んだ歌

葵の上の病床の近くまで行った光源氏は、葵の上に語りかけるが、彼女の声は、いつのまにか、葵の上の声から六条御息所の声へと変わっていった。

［『湖月抄』の本文と傍注］

あまり《葵上也》いたく泣き給へば、「心苦しき《源の心也》親たちの御ことをおぼし、又、かく、見給ふにつけて《源を見給ふにつけて也》、くちをしう《名残惜しみ給ふかと也》おぼえ給ふにや」とおぼして、「なにごとも《源の詞也》、いと、かう、なおぼしいれそ。さりとも、けしうはおはせじ《御煩やがてよろしからんとのたまふ也》。いかなりとも、かならず逢《あ》ふ瀬《せ》あンなれば、対面《たいめん》はありなん。おとど・宮《左大臣・大宮の事也》なども、ふかき契りある仲は、めぐりても絶えざンなれば、逢ひ見る程《ほど》ありなんと、おぼせ」と慰め給ふに、「いで《発語の詞也》、あらずや。身の上の、いと苦しきを、しばし、やすめ給へと聞こえん、となん。かく、参りこんとも、さらに思はぬを《前に御息所の心中をかける所に少しも相違なき言葉ども也》、もの思ふ人のたましひは、げに、あ《へ》くがるるものになんありける」と、なつかしげに言ひて、

なげきわび《物のけの歌》空《そら》にみだるるわがたまを結《むす》びとど《もとイ》めよしたがひのつま

とのたまふ声・けはひ、その人《葵上ともみえぬ也》にもあらず変はり給へり。ただ、かの御息所なりけり。

「いと《源氏の心也》、あやし」とおぼしめぐらすに、あさましう、人の、とかく言ふを、「よからぬ者ども《口さがなき人の云ふ事と也》の、言ひ出づることと」と、聞きにくくおぼして、のたまひけつを《さはあらじと、いひけし給ふ也》、目に見《み》す見《み》す、「世には、かかることこそはありけれ」と、うとましうなりぬ。「あな、心憂《こころう》」とおぼされて、「かく《源詞也》、のたまへど《そらおぼれにて、のたまふ也》、たれとこそ知らね。確かに、のたまへ」とのたまへば、ただ、それなる御ありさまに《いよいよ御息所のさまに似たる也》、「あさまし《源心也》」とは、世の常なり。

［湖月訳］

光る君は、彼女に取り憑いている物の怪が泣いているのだということも忘れ、葵の上が、あまりにも激しくお泣きになるので、「自分の命がもはや長くないと思い、辛《つら》い思いをしている両親のことを心配し、また、このように、夫である私と対面するにつけても、命を失うことを残念に思っておられるのだろうか」、と推測される。そして、慰めの言葉を口にされる。

「そのように、ご自分の命が危ないなどと、思い詰めてはいけませんよ。今のお苦しみは、きっと、お治りになりますよ。万一、最悪の事態となって、お命が亡《な》くなったとしても、『夫婦は二世《にせ》』と申しますから、あなたと私は来世《らいせ》でも巡り合って、もう一度、お目にかかれるのは確かです。ご両親である左大臣と大宮は、『親子は一世《いっせ》』という諺があるにしても、深い因縁で結ばれた人間関係は、どんなことがあっても絶えることがないと申しますから、再び巡り合うこともきっとあるでしょう。ご安心ください」。

光る君が、優しく葵の上に語りかけていると、女君は、突然、話を遮《さえぎ》った。
「いえいえ、私が泣いていたのは、そんな理由からではありません。験者たちの祈りに責められて、我が身が苦しくて堪《たま》らないから、身もだえしていたのです。そこで、少しでも、祈りを止《や》めてほしいと、あなたにお願いするために、あなたにここまで来てもらったのですよ。自分では、どの女性が憎らしいとか、その女性のもとへ出かけていって懲《こ》らしめたい、などと思うことはまったくないのですが、深い悩みを抱えた人間の魂は、しばしば歌に詠まれているように、ふらふらと体から遊離して、さまよい出てしまうものなのですね」と、いかにも光る君と親密な関係にあるかのような物の言い方をする。
そして、歌を詠んだ。

なげきわび空にみだるるわがたまを結びとどめよしたがひのつま

（私の魂は、深い嘆きのために体から抜け出して、空をさまよっています。もう一度、体に戻すには、着物の「下交《したがい》」（下前《したまえ》）の褄《つま》を結ぶと良いそうです。誰か――むろん、光る君、あなたです――私の悩みを消して、私のあくがれいでた魂を、元の体に戻してください。私の苦しみを救って、私に、理性的な心を取り戻させてください。）

『伊勢物語』第百十段の、「思ひあまり出《い》でにし魂《たま》のあるならん夜深く見えば魂結《たまむす》びせよ」

という歌や、吉備真備《きびのまきび》の「魂《たま》は見つ主《ぬし》は誰《たれ》とも知らねども結びとどめつ下交《したがひ》の褄《つま》」という歌などを踏まえて詠まれている。

このように歌う物の怪の声は、そして雰囲気は、葵の上の声や雰囲気と、まったく別人になっておられる。光る君は、「本当に不思議なことだ」と思って、記憶を辿って、誰の声なのかを思い出そうとされる。すると、何としたことか、六条御息所のそれなのだった。光る君は、あまりのことに、ただただ、驚きあきれておられる。これまで、六条御息所の生霊《いきりょう》が葵の上に祟《たた》りをなしているという噂を、耳にされたことはあった。けれども、「口さがない、性格のよくない物たちが、ことあれかしと思って偽りを言いふらしているのだ」と思って、耳に入れず、「そんなことはない」と否定していらっしゃった。ところが、今、自分の目の前で、葵の上が六条御息所の雰囲気に変わり、六条御息所の声で話されるのを聞いて、「ああ、世の中には、こんなこともあるのだ。噂は本当だった」とお気づきになり、気味が悪くなられる。

「ああ、嫌なことだ」と思われ、「葵の上に取り憑《つ》いた霊に向かって、お訊ねになる。「あなたの言いたいことはわかりました。でも、私にお願いしているあなたは、いったい、どなたですか。私にはわからないので、はっきりと、あなたの口から、あなたの名前をお名のりください」。

するど、女は、さらにいっそう、六条御息所としか思えないしぐさや特徴的な話しぶりを明らかにしたので、光る君は疑いようもなく、六条御息所の生霊が葵の上に取り憑いているのだと、おわかりになる。「驚いた」などという普通の言葉では、光る君の感じた気持ちは、とうてい表現できない。

［宣長説］

宣長の意見は、ない。宣長の弟子の鈴木朖《あきら》は、「ただ、それなる御ありさまに」とあるのは、葵の上の様子が六条御息所の声や雰囲気に変わっていったと『湖月抄』は解釈しているが、違う、と言う。物の怪が、「自分は、六条御息所である」と明瞭に名のった、と解釈するのである。

この鈴木朖の説は、どうだろう。六条御息所が、自分の名前を名のったのではなく、六条御息所の特徴的なしぐさや口癖を、光源氏が見た、というのではないだろうか。

［評］『湖月抄』は、和泉式部の名歌、「物思へば沢の螢も我が身よりあくが

れいづる魂《たま》かとぞ見る」という歌と、「心通《こころかよ》へり」（意味が通じ合っている）と述べる。紫式部と和泉式部は、同時代人である。また、これに先立って、光源氏と紫の上が同じ牛車に乗って祭見物をする場面も、和泉式部と為尊《ためたか》親王が同車したこととの関連が指摘されている。

なお、「なげきわび」の歌は、憑坐《よりまし》に乗り移った物の怪が詠んだ歌ではなく、葵の上に取り憑いたままの物の怪が詠んだものである点が、この生霊事件の恐ろしさを際立たせている。

9―4　光源氏、亡き葵の上を偲ぶ……鎮魂は漢詩と和歌で

葵の上は、夕霧を出産したあとで、物の怪に取り憑かれて死去する。光源氏は、葵の上が暮らしていた左大臣邸で、喪《も》に籠《こ》もる。桐壺巻では、桐壺帝が桐壺更衣を偲び、葵巻では、光源氏が葵の上を偲び、幻巻では光源氏が紫の上を偲ぶ。

『源氏物語』で繰り返される亡き人を偲ぶ場面は、漢詩と和歌で彩られている。

［『湖月抄』の本文と傍注］

時雨《しぐれ》うちして、ものあはれなる暮《くれ》つ方《かた》、中将の君、にび《鈍》色の直衣《なほし》・指貫《さしぬき》、薄《うす》らかに衣がへして《十月の更衣也》、ををしく《頭中将のさま也》、あざやかに、心恥《は》づかしきさまして参り給へり。君《源氏也》は、西の妻戸《つまど》の高欄《かうらん》に押しかかりて、霜枯れの前栽《せんざい》見給ふ程なりけり。風荒らかに《面白きさま也》吹き、時雨、さと《さつとよむべし》、したる《点口伝》ほど、泪《なみだ》もあらそふ心地して、「雨となり《源の吟じ給ふ也》、雲とやなりにけん、今は知らず」と打ちひとりごちて、つらづゑ《支頤》つき給へる御さま、「女にては、見捨ててなくならん魂《たましひ》、必ず留《と》まりなんかし」と、色めかしき心地に、うちまもられつつ、近う、ついゐ給へれば《源のそばちかく頭中将居給ふ也》、しどけなう《源氏の也》、打ち乱れ給へるさまながら、紐《ひも》ばかりを差し直し給ふ。これは《地》、今少しこまやかなる《濃字　子細コマヤカ》夏の御直衣《なほし》に、くれなゐの艶《つや》やかなる、引き重ねて、やつれ給へるしも、見ても飽《あ》かぬ心地ぞする。

中将も、いとあはれなるまみに《吾が妹なれば哀れに思ひ出で給ふ也》、ながめ給へり《時雨の空をながむる也》。

頭中将歌

雨となりしぐるる空のうき雲をいづれのかたとわきてながめん

「ゆくへなしや」と、独《ひと》り言《ごと》のやうなるを、

源氏歌
見し人の雨となりにし雲居さへいとど時雨《しぐれ》にかきくらす
雲居さへといひて、うつり行きてといふ心を含めたり

頃

［湖月訳］

葵の上が亡くなったのは八月下旬だった。今は、十月になり、季節は、早くも冬に移ろった。

空からは、冬の訪れを告げる時雨《しぐれ》が、降ってきた。左大臣の屋敷で葵の上の喪《も》に服している光る君の部屋には、頻繁に中将の君（頭中将）がやって来ては、話し込んでいる。この日も、頭中将が訪れた。十月一日は、衣更《ころもが》えの日である。頭中将は、喪服の色である鈍色《にびいろ》（灰色）の直衣《のうし》（表着《うわぎ》）と指貫《さしぬき》（袴）を着ておられるが、衣更えを機に、これまでよりも少し色の薄《うす》い鈍色に変えていらっしゃる。鈍色は、露草の花の汁を紙に染みこませた「移し花《ばな》」で染めるのである。兄が妹の喪に服する期間は、三か月。その終わりが近づいてきていた。光る君の前に現れた頭中将の着こなしは、颯爽とした貴公子然としていて、華やかで、い

かにも立派に見える。

一方の光る君は、頭中将とは対照的に、優美で女性的である。光る君は、部屋の西側の端《はし》にある高欄《こうらん》（欄干《らんかん》）に、身をもたれて、庭を眺めていらっしゃるところだった。その庭に植えられている草花は、霜で枯れ、蕭条としていた。

風が強く吹いてきて、時雨が、さっと降ってくる。風は、光る君の寂しさを掻き立て、時雨は、光る君の涙と競うように降ってくるのだった。光る君は、漢詩の一節を、独り言のように、口ずさまれる。

「雨となり、雲とやなりにけん、今は知らず」。

これは、唐の詩人・劉禹錫《りゅううしゃく》が愛人と死別した悲しみを詠んだ、「相逢《あひあ》ふも相笑《あひわら》ふも尽《ことごと》く夢《ゆめ》の如《ごと》し、雨《あめ》と為《な》り雲《くも》とや為《な》りにけん今《いま》は知《し》らず」という詩の一節である。あの人とは、睦まじく語り合い、楽しく笑い合ったものだが、二人が共に暮らした時間は、夢のように過ぎ去った。今は亡き、あの人の魂は、どこにいるのだろうか。雨になって地上に降っているのだろうか、それとも雲となって空を漂っているのだろうか。

この劉禹錫の詩は、宋玉《そうぎょく》の「高唐賦《こうとうのふ》」を踏まえている。楚《そ》の襄王《じょうおう》が、夢の中で巫山《ふざん》の神女と契った。神女は別れに際し、「朝には雨となり、夕べには雲とならん」と言い残した、と伝えられる。

劉禹錫の漢詩句を口ずさみながら、光る君は、亡き葵の上の魂のゆくえを、しみじみと思いやっておられたのである。頬杖を付いて、物思いに耽っている光る君の姿は、まことに優美なので、頭中将は、「この君と結ばれた女性は、たとえ光る君に先立って、この世を去ったとしても、この君への執着心が残って、死後も魂は成仏せず、この世に留まるのではなかろうか」と、自分の好色な性格のゆえに、まるで自分が光る君の愛を受ける女性になったかのように、うっとりとして見守り続ける。

頭中将は、光る君のすぐ近くにお座りになる。光る君は、くつろいでいたので、お召し物は着崩れていらっしゃったが、それでも、友人への礼儀を示すために、直衣《のうし》の紐だけは結び直して、居ずまいを正される。

頭中将は、妹の葵の上のために三か月の喪《も》に服していらっしゃいますが、衣更えに際して、薄い鈍色の服に着替えられました。光る君のほうは、妻である葵の上のために、これまた三か月の喪に服しておられますが、喪の期間は頭中将と同じです。それなのに、亡き葵の上を悼む気持ちから、濃い鈍色の直衣と、紅《くれない》の、艶々《つやつや》とした下襲《したがさね》を重ねてお召しになっておられます。頭中将は、「女だったら、この光る君を残して、先に死ねないだろう」

とお思いになりましたが、女である語り手の私などは、いつまで見ていても飽きません。
頭中将は、亡き妹のことをあれこれと思い出しながら、時雨が降ってきた庭のようすを御覧になっていましたが、光る君が口ずさまれた劉禹錫の漢詩に触発されて、歌を詠まれました。

雨となりしぐるる空のうき雲をいづれのかたとわきてながめん

（劉禹錫の漢詩の一節には、亡き人の魂が「長く漢陽の渡りに在り」とあるが、私の妹の葵の上の魂は、そのゆくえがどこなのか、まったくわからない。巫山の神女は、「朝には雨となり、夕べには雲とならん」と言ったそうだが、今、雨を降らせる空の浮雲を眺めているが、妹の魂が雲になっていたとしても、空を漂う雲のどれがそれなのか、見分けることもできない。）

「ああ、亡き妹よ。お前は、いったい、どこに行ってしまったのか」と、独り言のように口にされる。それを聞いていた光る君も、歌を詠まれる。

見し人の雨となりにし雲居《くもゐ》さへいとど時雨にかきくらす頃

（空を雲が流れてゆく。妻が亡くなったのは八月で、今は冬。時もまた、流れてゆく。かつては雨だったものが、今では時雨に変わっている。あの人の魂は、さだめし、雨となり、雲となっていることだろう。空も暗いが、私の心も悲しみに閉ざされて、暗いままだ。）

［宣長説］

「かうらん」に「高欄」という漢字を宛てるのは、いかがなものか。「勾欄」と書くべきだろう。

また、宣長が所蔵していた『湖月抄』には、二つの書き込みがある。

第一点。「時雨、さと、したる」の「さと」の「さ」の箇所に関して、『湖月抄』の傍注は、「点、口伝」と記している。これは、「さと」を「さあと」と発音するように、という指示であるが、そういうことはない。

第二点。「独《ひと》り言《ごと》のやうなるを」の箇所で、『湖月抄』の頭注は、頭中将は自分の妹のことなので、卑下して、光源氏には詠みかけず、独り言のようにつぶやいた、とする説を紹介しているが、あまりにひどい読み間違いである。椎本《しいがもと》巻の薫の歌にも、これと同じ言い方がなされているので、卑下ではないことが明らかである。

【評】「いとど時雨《しぐれ》」は、形容詞「いとどし」（激しい、はなはだしい）と、名詞「時雨《しぐれ》」の掛詞なのかもしれない。私は何十年も『源氏物語』を読んできたが、今回、「湖月訳」を試みる際に、初めて気づいた。

9―5 光源氏と紫の上、「新枕《にいまくら》」を交わす……「新婚」の喜び

葵の上の喪《も》が明け、光源氏は左大臣邸を去り、二条院に戻った。久しぶりに見る紫の上は、急速に大人びていた。二人は、男と女の関係になった。時に、紫の上は、十四歳。光源氏は、二十一歳（『湖月抄』の年立《としだて》）、あるいは二十二歳（本居宣長以降の年立）。

『湖月抄』の年立（場面構成＝小見出し）では、「源氏ノ君、紫ノ君ト、始メテ密通有《あ》ル事女房ノ年、十四」とある。二人の情交は「密通」なのである。「私通」と同じニュアンスだろう。公然とは認められていない男女の関係である。

9—5—1　久しぶりに見る紫の上……藤壺の「ゆかり」

［『湖月抄』の本文と傍注］

姫君（紫上也）、いとうつくしう、引きつくろひておはす。「久しかり（源詞也）つる程に、いとこよなうこそおとなび給ひにけれ」とて、小《ちひ》さき御几帳《みきちやう》引き上《あ》げて見奉り給へば、うちそばみて（紫の体也）恥ぢらひ給へる御さま、あかぬ所なし（不足なる所なき也）。ほかげの（夜の体なり）御かたはらめ、かしらつきなど、「ただ、かの（藤壺によく似給ふと也）、心尽くし聞こゆる人の御さま、たがふ所なくもなりゆくかな」と見給ふに、いとうれし。

［湖月訳］

光る君が久しぶりに御覧になった紫の上は、とても可愛らしく、綺麗な装いでいらっしゃる。光る君は、「長いご無沙汰でした。八月から今日までの数か月でしたが、これほどまでに大人びた雰囲気になっていらっしゃるのには、驚きました」と言いながら、丈《たけ》の低い三尺の几帳《きちょう》の帷子《かたびら》を引き上げて、座っておいでの紫の上のお顔を、とくと御覧になる。紫の上は、顔を正面から見られるのを恥ずかしく思い、横を向いておられる。そこに漂っている大人の女性の雰囲気は、「ここが不足だ」という欠点が何一つないほど、理想的である。

夜なので、灯《あか》りが点《とも》されているが、燈火に照らされている横顔も、頭の形も、「ああ、私が心の底から憧れて、この人と結ばれたらどんなことになってもよいとまで思い詰めている藤壺様と、『ここが違う』と思うところがないほど、瓜二つに成長なさったことだ」と思うと、光る君は嬉しくてたまらない気持ちになる。

［宣長説］

ここは、解釈の別れようがないので、宣長の意見は何もない。

［評］　まことに平易な日本語である。紫の上が登場する場面は、意識的に、単純で基本的な日本語の語彙で書かれている。彼女の幼さと対応した日本語である。それに対して、六条御息所が登場する場面では、和歌が引用されていたり、複雑な陰翳に富む、屈折した日本語で書かれているという印象を受ける。別の言い方をすれば、心が乱れている六条御息所は古色蒼然たる文体で語られ、紫の上は現代的で軽快な文体で語られる。

9―5―2　「新枕」の成立……紫の上の苦悩の始まり

そんなある日、紫の上は光源氏との「男女関係」の中に立たされることになった。時に、十四歳。ちなみに、桐壺巻で、藤壺が入内《じゅだい》したのが、十六歳。六条御息所が、東宮に入内したのも、十六歳。ただし、明石の姫君（明石中宮）が東宮に入内したのは、わずか十一歳だった。

［『湖月抄』の本文と傍注］

つれづれなるままに、ただ、こなたにて《紫の方にて也》、碁打ち、偏継《へんつ》ぎなどし給ひつつ、日を暮らし給ふに、心ばへ《紫の体の也》のらうらうじう《ほめたる詞也》、愛敬《あいぎやう》づき、はかなきたはぶれごとの中《なか》にも、うつくしき筋《すじ》をし出《い》で給へば、おぼしはなちたる年月《としつき》こそ、ただ、さる方の《おさなきほどの》らうたさ《哀れ也》のみはありつれ、忍びがたく《源の心に也》なりて、心ぐるしけれど、《紫のためも心ぐるしき也》いかがありけん。《草子地より云ふ也》人のけぢめ見奉りわくべき御仲にもあらぬに、男君《源氏也》は、疾《と》く起き給ひて、女君《紫上也》はさらに、起き給は

ぬ朝《あした》あり。人々、「いかなれば、かくおはしますならん《紫の上のおき給はぬを不審する也》。御《み》
心地《ここち》の例ならず《違例にやと也》おぼさるるにや」と、見奉り嘆く《紫の方の女房也》に、君は《源氏の吾が》、
渡り給ふ《御方へ渡り給ふ也》とて、御硯《みすずり》の箱を、御帳《みちやう》のうちに差し入れておはし
にけり。人間《ひとま》に《御傍らに人もなきほどに也》、からうじて、かしら《紫のさま也》もたげ給へるに、引き
結びたる文《ふみ》、御枕のもとにあり。何心《なにごころ》もなく、ひきあけて見
給へば、

あ《源》やなくも隔てけるかな夜《よ》をかさねさすがになれし中の
衣《ころも》を

と、書きすさび給へるやうなり。

［湖月訳］

光る君は、ほかにすることが何もないので、紫の上のお部屋に入りびたりで、一緒に、碁を打ったり、漢字を作る「偏継《へんつ》ぎ」の遊びなどをして、時間を過ごしていらっしゃる。姫君は、生来が利発なうえに、可愛らしい魅力にもあふれていらっしゃる。碁や偏継ぎなどの他愛ない遊びに関しても、相手をしている光る君が感嘆する筋の囲碁の手を打ったり、漢字の知識を発揮したりされる。

四年前に、姫君を二条院に引き取ってから、これまでは姫君が幼いので、男女の道に関して、光る君はまったく考えていなかった。姫君と夫婦の交わりを結ぶことは思ってもいなかったので、ただ幼い御様子をかわいらしく眺めておられただけだった。けれども、姫君の成長を実感することが多くなると、光る君も、心の中で、実事を結ぶことを我慢できなくなってきたのだった。

ここからは、語り手である私から、ご説明しましょう。光る君には、紫の上と男と女の関係を結ぶことを、彼女にとっては「いたわしい」ことだと、ためらう気持ちも、おありでした。光る君は、姫君に惹《ひ》かれる心と、可哀想だと思う心とを、どのように扱われたのでしょうかね。

お二人は、いつも一緒に打ち解けて過ごされていたので、いつまでが夫婦になる前で、どこからが夫婦の交わりを結んだあとなのかの区別が、周囲の者にさえわかりかねるのですが、一緒に寝ておられた男君が、早く起きだし、女君はいっこうに起き上がられない、という朝がありました。光る君が、葵の上の喪が明けて二条院に戻ってこられてから、しばらく時が経《た》ってからです。この朝に、新婚の「新枕《にいまくら》」が交わされたのでありましょう。

姫君にお仕えしている女房たちも、「今朝に限って、姫様のお目覚めが遅いのは、どこか、お体が悪いのでしょうか」などと、心配そうに話し合っている。

光る君は、朝になったので、紫の上の部屋から、自分の部屋に戻る際に、何か、紙に文字を書きしたためておられたが、書き終わると、そのまま硯の箱を、紫の上が伏せっておられる寝室の御帳《みちょう》の中に、そっと差し入れなさった。この硯を使って返事を書きなさい、というお心だったのだろう。

紫の上は、男君と、女房たちが誰もいなくなったあとで、しぶしぶ、お起きになる。すると、結《むす》び文《ぶみ》にした光る君からの手紙が、枕元に置いてあった。何げなく引き開《あ》けて御覧になると、光る君の歌が書かれていた。

あやなくも隔てけるかな夜《よ》をかさねさすがになれし中の衣《ころも》を

（これまでずっと、私たち二人は、夜も一緒に過ごすなど、慣れ親しみ、仲睦まじく過ごしてきました。けれども、なぜか、男女の関係だけはありませんでした。今となっては、こんなに魅力的なあなたと一緒に過ごしながら、どうして、今まで、妹背《いもせ》の道と無縁であったのか、私がなぜ、妹背の契りを避けてきたのか、その理由がわかりません。）

と、このように、ふと、自分の率直な気持ちを書きつけたという雰囲気で、書かれていた。
これが、男君からの「後朝《きぬぎぬ》の歌」だったのである。

［宣長説］

この物語にしばしば用いられている「らうらうじ」という言葉について述べておくと、「らうらうじ」と「らうたし」は、まったく別の言葉である。「らうらうじ」は、「労々じ」で、「功労」の「労」である。俗に言う「物事巧者《ものごとこうしゃ》」のことである。ここでは、紫の上が、碁や偏継ぎに関して、賢く、巧みであるという意味である。

［評］「偏継ぎ」の遊びについては、具体的にどのようなものか、いまだにわかっていない。『湖月抄』の本文には「へんづき」とある。漢字で書けば「篇

突」ないし「篇築」であるとか、「何偏の漢字」と決めて、その偏に属する漢字を、書物の中から、より多く見つけた方が勝ちだとする、牡丹花肖柏《ぼたんかしょうはく》（宗祇《そうぎ》の弟子）の説を紹介している。一般的には、漢字の「偏《へん》」と「旁《つくり》」を組み合わせて、漢字を作る遊びだとされることが多い。

光源氏が紫の上に宛《あ》てた「後朝の歌」の「あやなくも隔てけるかな」の主語は、光源氏だと解釈するのが通説だが、『湖月抄』は、「隔てける」の主語を紫の上とする解釈の存在も紹介している。「あなたが私を厭《いと》う理由がわかりません。こんなにも慣れ親しんできた私たちではないですか」という意味になるが、どうだろうか。

10　賢木《さかき》巻を読む

10―1　巻名の由来、年立、この巻の内容

『湖月抄』は、「詞《ことば》、並びに歌を以て、巻の名とせり」とする。「賢木《さかき》」という言葉は、和歌の中にも、散文の中にも見られる。

光源氏が二十二歳の九月から、二十四歳の夏までの、あしかけ三年間が語られている。

この巻には、「松が浦島《まつがうらしま》」という別名もある。「賢木」は、六条御息所との別れを悲しむ場面から付けられているが、「松が浦島」は、藤壺の出家を惜しむ場面の歌から付けられている。

宣長説では、光源氏の二十三歳の九月から、二十五歳の夏までである。

この巻の内容は、大きく三つある。

第一に、嵯峨野にある野宮《ののみや》での六条御息所との別れ。

第二に、桐壺院の崩御後の、藤壺への接近。懊悩《おうのう》した藤壺は、我が子の東宮（冷泉帝）を守るために、出家する。

第三に、朱雀帝の内侍《ないしのかみ》となっている朧月夜との密会と、その露顕。

このように、賢木巻には、六条御息所、藤壺、朧月夜という、三人の女性たちが入り交じって登場し、名場面に満ちている。

10―2　光源氏、野宮《ののみや》に六条御息所を訪ねる……「秋の野宮」の風情

自分が葵の上を取り殺したと噂されている六条御息所は、娘が斎宮として伊勢に下向するのに同行しようと決断した。光源氏は、御息所が娘と共に潔斎している嵯峨野の野宮を訪ね、「美しい別れ」を演出する。「九月七日」のことだった。嵯峨野の情趣は、晩秋の哀れに満ちていた。

謡曲「野宮」では、六条御息所の霊魂が、毎年、「九月七日」になると野宮に現れ、光源

氏を偲ぶ、という設定になっている。彼女の思い出の日である。

〔『湖月抄』の本文と傍注〕

はるけき野辺《のべ》を分け入り給ふより、いと物あはれなり。秋の《末の秋の》花《さま也》、皆おとろへつつ、浅茅《あさぢ》が原《はら》もかれがれなる《面白くいひかけたる詞也》虫の音《ね》に、松風すごく吹きあはせて、そのこととも《琴の心をもたせり》聞きわかれぬ程に、ものの音《ね》ども、絶え絶え聞こえたる、いと艶《えん》なり。むつまじき御前《ごぜん》、十余人ばかり《十人あまりばかりとよむ也》、御随身《みずいじん》ことごとしき姿ならで、いたう忍び給へれど、ことにひきつくろひ《恥しき人なれば也》給へる御用意、いとめでたく見え給《源の也》へば、御ともなる好《す》き者《もの》ども、所がらさへ身に沁《し》みて思へり。御心《みこころ》にも、「などて、今まで立ちならさざりつらん」と、過ぎぬる方悔《かたくや》しうおぼさる。

物はかなげなる小柴《こしば》を大垣《おほがき》《惣まはりの垣也》にて、いたや《板屋》ども、あたりあたり、いとかりそめなンめり。くろぎ《皮つきたる木をいふべし》の鳥居《とりゐ》どもは、さすがにかうがうしく見え渡されて、わづらはしきけしきなるに、かん《神》づかさ《司》の者ども、ここかしこに、うちしはぶきて、おのがどち、物言ひたるけはひなども、ほかには、様《さま》かはりて見ゆ。火焼屋《ひたきや》、かすかに光りて、ひとげ少なく、しめじめとして、ここに、物おもはしき人の、月日をへだて給へらん程をおぼしやるに、いといみじう哀れに、心ぐるし。

御息所の心中を源の察し給ふ也

［湖月訳］

光る君は、伊勢に下向する六条御息所と別れの言葉を交わすために、嵯峨野の野宮《ののみや》へと向かわれる。見渡すかぎりの野原の中を、野宮を目指して進んで行かれる。到着する前から、早くも深い哀れの思いに、捕らえられなさる。晩秋なので、少し前までは撩乱《りょうらん》と咲き乱れていたであろう秋の花々も、ほとんどが萎《しお》れ始めている。一面の野原を覆《おお》っている秋の草は枯れ枯れで、その枯野の中から、鳴き嗄《か》らして嗄《か》れ嗄《が》れになっている虫の鳴き声が湧き上がってくる。

その虫たちの鳴き声に、峰から吹き下ろす松風の索々《さくさく》とした寂しい音が重なる。その二つの声に交じって、遠くから聞こえてくる、別の音がある。最初は、何の音なのか聞き分けられなかったけれども、それは琴の音《ね》だった。村上天皇の女御となった斎宮女御が、かって野宮で詠まれた、「琴の音《ね》に峰の松風通《かよ》ふらしいづれの尾《を》より調べそめけん」という歌がある。峰の「尾《を》」と、琴の「緒《を》」（糸）の掛詞である。この歌を、光る君は思い出された。

あの音は、新たに斎宮に任命された娘と一緒に、野宮で精進潔斎している六条御息所が、演奏している琴の音なのだろう。それが、風に乗って、光る君の耳に届いたのである。風の音にかき消されて、琴の音は、途切れ途切れ、絶え絶えに聞こえてくる。まことに、優艶な気持ちにおなりになる。

このお出かけには、光る君の信頼の篤《あつ》い腹心ばかりが、十人あまりしか同行していない。護衛を務める随身《ずいじん》も、都の中での外出の時とは異なり、いかにも護衛していますと言わんばかりの、物々しい出で立ちではない。このように、光る君は、たいそうなお忍びで、野宮へお出かけになったのだが、それでも、身だしなみはたいそうきちんと整えていらっしゃる。お会いする相手の六条御息所が、こちらを恥ずかしく感じさせるほどの立派な女性なので、光る君のほうでも、それにふさわしいお姿なのである。光る君の装いがあまりにも素晴らしいので、お供の者たちも、君のお姿と言い、野宮の秋の風情と言い、身に沁みていたく感じ入っている。光る君本人も、都から野宮まで、風情のある面白い旅だったので、「どうして、これまで、ここを訪ねるという決心がつかなかったのだろう。もっと早く、何度も、ここを訪れるべきだった」と、御息所をずっと放っておいたことを残念にお思いになる。

野宮にお着きになった。野宮の周囲は、小柴垣《こしばがき》でぐるっと囲まれている。その小柴垣が、いかにも簡素なのだった。大嘗祭《だいじょうさい》でも、柴垣が用いられるし、伊勢の大神宮でも柴垣である。柴垣には、不浄を遠ざける力がある、と言われている。

板で屋根を葺《ふ》いた小屋が、あちらこちらに、いかにも仮造《かりづく》りというような感じで建っている。野宮は帝《みかど》一代につき一度だけ、しかも短期間のみの使用なので、簡素な造りがしてあるのである。それが、嵯峨野の風情と似合っている。野宮は「黒木《くろぎ》の鳥居《とりい》」で、皮を剝《は》いでない丸木が用いられている。それが、いかにも神《かみ》さびた雰囲気で見渡される。

ここが神域であることは一目瞭然なので、さすがの光る君も、色恋を憚る気持ちになる。これから御息所と逢うのは、色恋のためではなく、美しい別れを演出するためである。神に恥じるような邪《よこしま》な気持ちはない。それでも、光る君は、粛然とした気持ちになられる。

神官たちが、あちらこちらで、咳払いをしながら、何事か、自分たちの用件を語り合っているようであるのも、ほかの場所とは雰囲気がかなり変わっている。神に供える膳を作る火焼屋《ひたきや》からは、火を燃やしている微《かす》かな光が洩れてくる。

この野宮は、まことに人が少なく、しんみりとした、物寂しい雰囲気の場所である。ここで、心の中に大きな悩みを抱えた御息所が、一年近い時間を過ごしてこられたのかと、光る君は思いやられる。すると、何とも切ない気持ちになり、御息所のことをいたわしくお感じになるのだった。

［宣長説］

宣長は、この場面の前後では、語釈に関して意見を述べているが、この場面については、発言はない。

［評］「火焼屋《ひたきや》」は、現在では、警備の衛士《えじ》たちが詰めていて、篝火《かがりび》を焚いている建物だと解釈されている。

生霊にも死霊にもなった六条御息所は、謡曲の恰好の素材である。謡曲『葵上《あおいのうえ》』はタイトルとは違って、六条御息所がシテ（主役）である。謡曲『野宮《ののみや》』も名曲である。私個人は、謡曲の中では、『源氏物語』を題材とする作品よりも、『伊勢物語』を題材とする作品のほうを好む。たとえば、謡曲『玉鬘《たまかずら》』は、舞台が筑紫ならば悲劇性があると思うが、初瀬（長谷寺）が舞台なので、悲劇のリアリティが薄い。ただし、六条御息所がシテを務める『葵上』も『野宮』も、観ている者の魂の奥底を震撼させる傑作である。野宮の場面が美術作品で好まれるのも、理解できる。

私は、賢木の巻の野宮の場面を読むたびに、「野の中」ではなく「森の奥」に住む女人の深い嘆きの声を聞く思いがする。

10—3　光源氏、六条御息所と別れを交わす……「秋の別れ」

光源氏は、野宮で六条御息所と対面し、「賢木」という巻名の由来となった和歌を詠み交わす。

（御息所）神垣はしるしの杉もなきものをいかに紛《まが》へて折れる賢木《さかき》ぞ

（光源氏）少女子《をとめご》があたりと思へば榊葉《さかきば》の香《か》をなつかしみとめてこそ折れ

そのあと、長い一夜を語り明かしたのだった。

10―3―1　心のわだかまりを溶かす晩秋の野……確執の消し方

［『湖月抄』の本文と傍注］

大方《おほかた》のけはひ煩《わづら》はしけれど、御簾《みす》ばかりは引き着《き》て、長押《なげし》に押しかかりて居《ゐ》給へり。心にまかせて見奉りつべく、人も慕ひざまにおぼしたりつる年月《としつき》は、のどかなりつる御心《いつもかくあらんと思ひし也》おごりに、さしもおぼされざりき。また、心のうちには、いかにぞや、きずありて思ひ聞こえ給ひにしのち、はた、あはれもさめつつ、かく御仲も隔たりぬるを、めづらしき御対面《たいめん》の昔お《心に疵も》

ぼえたる《覚えざりし時のやうなると也》に、「あはれ」とおぼし乱るること限りなし。来《き》し方《かた》・行《ゆ》く先《さき》おぼしつづけられて、心よわく泣き《源也》給ひぬ。女は《御息所の心也》、「さしも見えじ」とおぼしつつむめれど、え忍び給はぬ御けしきを、いよいよ《源の心也》心ぐるしう、なほ《源の也》、おぼしとまるべきさまをぞ聞こえ給ふめる。

月も入りぬるにや、あはれなる空をながめつつ、恨み聞こえ給ふに、ここら《草子地也》おもひあつめ給へるつらさも消えぬべし。や《御く》うやう「今は」《だりを治定し給ひし事也》と、おもひ離れ給へるに、「さればよ」と、なかなか心うごきて、おぼし乱る。

殿上《てんじやう》《草子地より云ふ也》の若君達《わかきんだち》などうち連《つ》れ

て、とかく立ちわづらふなる庭のたたずまひ《野宮のけしき也》も、げに、艶《えん》なる方《かた》に、うけばりたる《以て出でたる也》ありさま《われは顔也》なり。おもほし残す《物を思ひつくす心也》ことなき御なからひに、聞こえかはし給ふことども、まねびやらん方《かた》なし。

［湖月訳］

野宮は、あたり一帯が神々《こうごう》しい聖域であるので、さすがの光る君も、御息所のお部屋に立ち入ることを躊躇《ためら》われる。そこで、御息所がいらっしゃるお部屋の簾を、少しだけ引き上げて、顔を差し入れ、体は下長押《しもなげし》にもたれて座っていらっしゃる。

光る君は心の中で、六条御息所とのこれまでのお付き合いを振り返っておられる。その気になればいつでもお逢いできたし、御息所のほうでも光る君を慕っていた頃は、「いつまでも、こういう状況が続くだろう」と思って、おっとり構えていた。簡単に逢えなくなって初めて、どうしても逢いたいという気持ちが湧いてくる。それが、光る君の心の不思議さである。

また、御息所が物《もの》の怪《け》となって葵の上に祟《たた》る恐ろしい情景を、光る君が自分の目で目撃して、「何ということだ。御息所の心には、大きな瑕《きず》がある」と思われてからは、御息所への熱い心もすっかり冷めてしまったのだった。そのため、長いこと、お逢いしていなかったのである。

今、こうやって、久しぶりに、お逢いできた。御息所のほうにも、心にわだかまりがあったであろうに、対面してくださった。光る君は、御息所と間近に向かい合っていると、「物の怪」事件によって、心にわだかまりを覚える以前の昔にもどったような気持ちになり、心の奥底から「あはれ」という感情が湧き上がってくる。これまでの二人の思い出と、これからは逢えないであろう切なさを、さまざまに思い、光る君は心弱くなって涙をこぼされる。

女は、「自分も泣きたいくらいに悲しんでいる」ということを男に知られないように、泣くことだけはすまいと、懸命に堪《こら》えていらっしゃる。それでも、我慢できずに、忍び泣きしているご様子なので、光る君はさらにいっそう悲しい思いに駆られてしまう。光る君は、御息所がいたわしくてならず、「やはり、伊勢へ下るのはお止《や》めになったらいかがですか」などと、これまで何度も申し入れたことを、改めて口にされていたようです。

今夜は九月七日です。「七日の月」は、深夜のうちに沈んでしまいます。もう、そういう時間になったのでしょう。光る君は、暗くなった空を眺めつつ、自分を振り切って伊勢の国に去ってゆかれる御息所への恨み言を、切々と訴えられています。それを聞いている御息所の心は、さぞかし癒やされなさって、これまで積もりに積もった光る君への恨めしいという気持ちも、すっかり解消されたことでしょう。

唐の詩人の李渉《りしょう》は、「限りなき心中不平の事 一宵《いっしょう》の清話に又空《くう》と成る」と歌っています。そのことも思い合わされます。

御息所は、娘と一緒に伊勢に下ろうか、いや止《や》めようかと、さんざん悩んだあげくに、「もはや、これまでだ。私は都を去るしかない」という決心をされたのですが、光る君の優しい言葉に触れ、決心が揺らぐのでした。光る君がおいでになる以前も悩んでおられたのですが、光る君が来られたあとのほうが、かえって御息所の悩みは大きくなったようです。

「御息所がいらっしゃる野宮の風情は素晴らしい」と、殿上人の若い君達《きんだち》が、何人も語らって訪れては、「ここを立ち去りたくない」などと惜しんでいるという噂ですが、なるほど、この庭の雰囲気は、優美です。それも、ただの優美さではありません。「これが優美でないのならば、この世のどこにも優美さなど存在しません」と言わんばかりの、最高の優美さなのです。

男君も、女君も、どちらも嘆きの限りを尽くしておられます。この時に、お二人がどういう会話をなさったか、それをここで、言葉にして語ることなど、いくらこの物語の語り手である私であっても、できはしません。

［宣長説］

特になし。

ただし、宣長は、少年期に、岸江之沖という人物から、『論語』や『孟子』などと並んで、謡曲『源氏供養』と謡曲『野宮』を学んだという。

［評］ この場面は、「草子地《そうしじ》」、つまり、語り手のナレーションが駆使されている。二人の心の中をあからさまに書かず、語り手が思いやることで、読者に

二人の心の動きを考えさせる、という手法である。そのほうが、余情が大きくふくらむ。

10—3—2　別れの歌……和歌によって共有される悲哀の念

『源氏物語』の語り手は、光源氏と六条御息所がどのような会話を交わしたのか、具体的に書かなかった。その替わりに、二人の美しい贈答歌を載せている。歌ならば伝えられる、いや、歌でしか伝えられない「心」や「思い」があるのだ。

［『湖月抄』の本文と傍注］

やうやう明け行《ゆ》く空の気色《けしき》、（態（わざ）と、こしらへしやう也）ことさらにつくりいでたらんやうなり。

暁《あかつき》《源》のわかれはいつもつゆけきをこはよにしらぬ《世に云ひしらぬとなり》秋の空かな

いでがてに《源氏の也》、御手をとらへて、やすらひ給へる、いみじうなつかし。風、いと《そこらのさま也》冷《ひや》やかに吹きて、松虫のなき嗄《か》らしたる声も、折知《をりし》り顔《がほ》なるを、さして思ふことなきだに、聞きすぐしがたげなるに、まして、わりなき《源と御息所の中也》御心まどひどもに、なかなか、こともゆかぬにや。

大方《おほかた》《御息所》の秋のわかれもかなしきに鳴く音《ね》な添《そ》へそ野辺《のべ》の松虫

くやしきこと《源の心をいへり》おほかれど、かひなければ、明けゆく空も、はしたなくて、出で給ふ。道の程《帰さの道也》、いと露けし。女《御息所》も、え心づよからず、名残《なごり》あはれにて、ながめ給ふ。

［湖月訳］

何事かを語り尽くした二人だったが、いつの間《ま》にか、長い夜も明け始めた。少しずつ白んでゆく空の情景は、「美しい別れ」を共同して作り出そうとしている二人の心を知って、自然までが協力しているかのような見事さだった。光る君は、歌を口ずさまれる。

暁の別れはいつもつゆけきをこは世に知らぬ秋の空かな

（あかつきの「後朝《きぬぎぬ》の別れ」で、愛する女性のもとを去ってゆく男の着ている服は、いつも朝露で濡れています。そして、男のこぼす涙でも、袖が濡れています。私も、あなたのもとを去ってゆくあかつきには、何度もそういう悲しみを体験してきました。けれども、今朝、私が感じている悲しみは、生まれてからこれまで、まったく経験したことのないものです。和歌では、紀貫之が、「暁のなからましかば白露のおきてわびしき別れせましや」と歌い、漢詩では、白楽天が、「大底《おほむね》、四時《しいじ》、心惣《すべ》て苦しむ、中《なか》に就《つ》きて腸《はらわた》を断《た》つは、是《これ》、秋の天」と歌っています。それらの詩歌が、私の心を代弁してくれているようです。)

光る君は、いかにもここを離れたくないというご様子で、御息所の手をしっかりつかんだまま、この部屋を出てゆく決心がおつきにならない。そのご様子が、たいそう魅力的である。

外では、吹きつける晩秋の風がとても冷たい。秋じゅう、鳴きしきっていた野辺の松虫が、今では嗄《か》れ声《ごえ》で鳴いている。虫もまた、今、部屋の中で交わされている男と女の別れの切なさを承知している、と言わんばかりである。

語り手である私のように、これと言って深い哀しみを抱えているわけではない者でさえ、身に沁みて感じられる虫の声でした。まして、これ以上はないほどの悲哀を心に抱いておられるお二人には、どんなにか深い思いを抱かせる鳴き声だったことでしょうか。先ほどの光る君のお歌も、それほどすぐれたものではなく、庭や野辺の気色の素晴らしさに負けておられました。御息所もまた、秋の風情《ふぜい》を上回るお歌をお詠みになれなかったのも、仕方のないことでしょう。「美しい景色を見ると、人間は言葉を失ってしまう」と、蘇東坡《そとうば》も言っています。

御息所は、かろうじて、歌を詠まれました。

大方《おほかた》の秋のわかれもかなしきに鳴く音《ね》な添へそ野辺の松虫

（ただでさえ、人と別れるのは悲しいことです。まして、風情のある秋という季節に、素晴らしいお方である光る君とお別れするのは、悲しくてたまりません。おや、野辺では松虫が鳴いていますね。これ以上お前が鳴くと、私も泣くのをこらえきれなくなるから、もう鳴くのはお止《や》め。本当は、光る君との別れがこんなに悲しいのは、私自身が伊勢の国へ下る決心をしたからです。でも、今は、秋という季節が別れの悲しみをそそった、ということにしておいてくださいな。）

この歌を聞いた光る君は、「あの時は、こうすべきだった。あの時は、こうすべきではなかった」などと、後悔の念でいっぱいになる。でも、今さら、どうすることもできない。空は、だんだん明るくなってゆき、これ以上、この神聖な場所に留まるのも、心が落ち着かないので、お部屋を出てゆかれた。野宮から都までの帰り道、朝露だけでなく、涙で、光る君の袖は濡れたことだろう。

御息所もまた、心を強く持って悲しみをこらえることができず、君が立ち去ったあとの情緒にひたりながら、ぼんやりと物思いに沈んでいらっしゃる。

［宣長説］

特になし。

［評］『湖月抄』は、二首目の「大方の秋のわかれ……」の歌も、光源氏が詠んだとする説を紹介している。直前の、「なかなか、こともゆかぬにや」という文章を、御息所はさまざまな思いが込み上げてきて、歌を詠めなかった、というふうに解釈するのである。そう考えれば、光源氏が一首目に引き続いて二首目を詠んだ、と読めないこともない。だが、御息所の詠んだ歌と理解して初めて、ことさらに作ったように哀切な「別れの贈答歌」が完成する。

なお、鎌倉時代の説話集『今物語《いまものがたり》』（藤原信実《のぶざね》）の巻頭に位置する第一話に、この「大方の秋のわかれ……」の歌が出てくる。ある大納言が、悲しい別れの場面を絵に描いた扇を手にしていた。宮中に仕える女房たちが、その扇の絵が何を描いているのかを推測して、「『源氏物語』の賢木の巻の『大方の秋のわかれ……』の名場面でしょう」と話し合っていると、新たにやって来た女性が、「着ている服が、身分の高い光源氏のものではありません」と言い当てた、という話である。この話は、「悲しい別れ」と言えば、まず、賢木の巻の野宮の名場面が連想され、絵にも好んで描かれていたことを示している。

10―4　光源氏、藤壺に接近する……愛し合う男女の二人の訣別の儀式

10―4―1　理性で統率できない情念……「もののあはれ」の爆発

桐壺院の崩御によって、光源氏の人生は退潮に向かう。即位した朱雀帝は、光源氏に好意的だが、まだ若いので、弘徽殿の大后と、その父（右大臣）の横暴を抑える力がない。藤壺は、我が子の東宮の地位を、弘徽殿の大后たちから守るのに必死である。そのさなか、

光源氏は、藤壺への思いと、朱雀帝の宮中で仕えている朧月夜への思いに夢中である。

ある夜、光源氏は、王命婦《おうみょうぶ》の計略ではなく、自らの計略で、藤壺の寝所に入り込む。藤壺は、あまりの衝撃で体調に異変を来《きた》し、実事にはいたらず、光源氏は塗籠《ぬりごめ》の中に潜む。そして、翌日の夜になって、再び藤壺に接近した。この出来事により、藤壺は出家を決断した。

［『湖月抄』の本文と傍注］

君《源氏》は、塗籠《ぬりごめ》の戸の、ほそめに開《あ》きたるを、やをら押し開《あ》けて、御《み》屏風のはざまに、つたひ入り給ひぬ。めづらしく《源の心に也》、うれしきにも、涙は落ちて、見奉り給ふ《屏風のはざまより藤を也》。「なほ、いと、苦しうこ《藤壺の宮ひとりごとにのたまふ也》そあれ。世や尽きぬらん」とて、外《と》の方《かた》を見出《みい》だし給へるかたはら目《そば目也》、いひしらず、なまめかしう見ゆ。「御くだものをだに」とて、参り据ゑたり《藤の御前に也》。はこのふた《硯箱のふたなるべし》などにも、なつかしきさまにてあれど、見入れ給はず。世の中を、いたう、おぼしなやめる気色にて、のどかに、ながめ入り給へる、いみじう、らうたげなり。

かんざし・かしらつき、御ぐしのかかりたるさま、かぎりなきにほはしさなど、ただ、かの対の姫君にたがふところ《紫上によく似給へる也》なし。年頃、少し《源氏の藤つぼを也》思ひわすれ給へりつるを、「あさましきまで覚え給へるかな」と、見給ふままに、すこし《源心也》物思ひの晴るけどころある心地し給ふ。けだかう、恥づかしげなるさまなども、さらに、こと人と思ひわきがたきを《紫とおなじ人のやうにおぼす也》、なほ、かぎりなく、昔より思ひしめ聞こえてし心の思ひなしにや、「さまことに、いみじう、ねびまさり給ひにけるかな」と、たぐひなく覚え給ふに、心《源の也》まどひして、やをら、御帳《みちやう》のうちにかかづらひよりて、御衣のつまを引きならし《藤壺の御衣を引きうごかす也》給ふ。

［湖月訳］
光る君は、昼間中《じゅう》、ずっと籠《こ》もっていた塗籠の妻戸《つまと》（両開きの戸）が細く開いているのを、そっと押し開け、屛風の隙間を伝って、藤壺のお部屋に入り込まれた。目の前に、藤壺が

いる。そう思うと、涙が溢れてきて、涙で視界が曇るのだが、万感の思いを胸に藤壺を見つめられる。

男がすぐそこまで近づいていることを知らない女は、小さな声で、「やはり、気分は悪いままだわ。こんなに苦しくてたまらないのは、もう私の命が尽きようとしているのではないかしら」などと独り言を言いながら、部屋の外のほうをぼんやり眺めている。その横顔が、男の目には、言葉では言い表せないほどに優美に見える。

なお、この場面には、「逢はざりし涙のもろくなりゆくは世や尽きぬらん時や来《き》ぬらん」という和歌が踏まえられている、という説がある。

藤壺の不調を心配する女房たちが、「せめて、お菓子くらいは召し上がってください」と言って持ってきた軽食が、藤壺の前に置かれたままである。硯箱の蓋《ふた》にも、いかにもおいしそうに盛り付けられてあるけれども、御覧にもならない。光る君との関係を、ひどく思い詰めて悩んでいることが見て取れるご様子で、そうでありながら取り乱さずに、物思いに沈んでいらっしゃる。まことに、気高く感じられる。

藤壺の髪の生《は》え際も、頭のかたちも、髪の毛が背中に垂れているようすも、そしてこれ以上にはないほどの華やかさも、光る君が二条院の「西の対屋《たいのや》」に住まわせている姫君（紫の上）と、まさに瓜二つでいらっしゃる。男君は、藤壺のお顔を最後に見たのは、「もののまぎれ」のあった六年前であり、最近では紫の上によって自分の心の痛みを癒してもらっていたので、藤壺の顔の記憶が少しずつ薄れつつあった。けれども、今、久しぶりに藤壺のお顔を拝見すると、「紫の上は、驚くほど藤壺に似てきている」と確認できたので、紫の上と逢うことによって藤壺との苦しい恋を慰めることができる、という心境になられる。気高く、こちらが恥ずかしくなるほどに毅然としておられる高貴さもまた、二人は瓜二つである。

だが、紫の上と藤壺がそっくりであると言っても、光る君は、幼い時から、ずっと藤壺を、心の底から慕い続けてきた。藤壺を愛することは、光る君が生きることと同じ意味だった。藤壺に対する思いは、それほど特別な感情なのである。「藤壺は、やはり紫の上とは違って、格別である。それにしても、美しく成熟されたことだ」と、今年で二十九歳におなりになった藤壺の美しさを、比類のないものとお感じになる。

藤壺への憧れと共に、これまで生きてきた自分自身の人生を回想し続けていると、突然に、心の底から込み上げてくる激情があり、平常心も道徳心も自制心も吹き飛んでしまった。男は、感情を抑えることができず、そっと、藤壺がおいでになる御帳《みちょう》の中に、潜み入った。そして、物思いに沈んでいる藤壺のお召し物の裾を引き動かしたので、その音が藤壺の耳に届いた。

［宣長説］

光源氏が「めづらしく、うれしきにも」と感じたのは、昨夜、接近した時には、藤壺のお顔を見てはいなかったので、今夜、数年ぶりに見届けて、「めづらし」と思ったのである。

宣長は、このように説くが、「もののまぎれ」によって藤壺が懐妊したのは、訳文にも書いたように、今から六年前のことだった。六年ぶりの逢瀬なので、光源氏は、今回、新鮮な体験のように思ったのではないだろうか。

なお、最後の、「御衣のつまを引きならし給ふ」は、現在では、光源氏が藤壺の衣の裾を引いたのではなく、光源氏が自分の着ている衣の裾を自ら引っ張って音を立て、自分が近づいていることを藤壺に知らせた、と解釈されている。宣長は、『湖月抄』の解釈に対する反対説は述べていない。

［評］「たぐひなく覚え給ふに、心まどひして、やをら、御帳のうちにかかづらひよりて、御衣のつまを引きならし給ふ」とある「心まどひして」という言葉に、読者が共感できるかどうか。そこに、光源氏に対する評価の分水嶺がある。

突然の情念の爆発。これこそが、本居宣長の言う「もののあはれ」の正体だと思う。読者が光源氏という男の人間性を、自分と同じだと共感できるかどうか。

なお、この場面の直前に、「男は、『憂《う》し、つらし』と、思ひ聞こえ給ふこと限りなきに、来《き》し方《かた》、行く先、かきくらす心地して、うつし心失《う》せにければ、明けはてにけれど、出で給はずなりぬ」とある文章に関して、『湖月抄』は「道徳読み」を繰り広げている。「好色な人間は、最初は、本人も自制するし、人目を気にしたりして、まさか自分が破滅することはないだろうと考えているものである。だが、愛に溺れると、平生を忘れ、本心を失ってしまうのである。読者は、『源氏物語』を読んで、そのことを理解し、好色を戒めなければならない」。

「うつし心失せにければ」は、「心まどひして」と同じで、情念の爆発を意味している。反面教師とするか、共感するか、二つの人生観が対立している。

10―4―2 愛し合う男女が結ばれない宿命……物語に必須の「失われた愛」

前の場面から連続している文章を読む。光源氏と藤壺の最後の接近である。最後の「逢瀬」と言えないのは、この時、「実事」がなかったからである。

【『湖月抄』の本文と傍注】

けはひしるく《源としるき也》、さと、匂ひたるに《源たきしめ給へる香也》、あさましう《藤つぼ御心也》、むくつけう《おそろしき也》
おぼされて、やがて《藤の体也》、ひれ伏し《蝶臥》給へり。「見だに《源心也》向き給へかし」と、心やましう、つらくて、引き寄せ給へるに《藤の御衣を也》、御衣を《藤つぼの也》すべしおきて、ゐざりのき給ふに、心にもあらず、御ぐしの取り添へられたりければ、いと心うく、宿世《すくせ》のほど、おぼし知られて、「いみじ」と、おぼしたり。

男も《源のさま也》、ここら、世をもてしづめ給ふ御心、皆乱れて、うつし《平生のやう》ざまにも《にもなき也》あらず、よろづのことを、泣く泣く恨み聞こえ給へど、「まことに《藤つぼの心也》心づきなし」と《まことにと云ふ詞、心をつくべし》おぼして、御いらへも聞こえ給はず。ただ、「心地の《藤つぼ詞也》いとなやましきを。かからぬ折もあらば《源をすかい給ふ詞也》聞こえてん」とのたまへど、尽きせぬ《源氏ののたまふ也》御心の程を、言ひ続け給ふ。

さすがに、「いみじ」と聞き給ふ節《ふし》も、まじるらん。あらざりしことにはあらねど、あらためて、いと口をしうおぼさるれば、なつかしきものから、いとよう、のたまひのがれて、今宵も明けゆく。実《なきさま也》

［湖月訳］

衣の裾を引っ張られた音がして、それがどうも自分の着ている衣のようなので、藤壺は、はっと、深い物思いから現実に引き戻された。音を立てさせたのは、光る君だった。間違いようもないほどはっきりと記憶している、彼の薫《た》きしめている薫物《たきもの》の香りが、藤壺を包んだ。女は、あまりのことに驚くと同時に、恐怖の念に捕らえられた。だから、そのまま、俯《うつぶ》し伏《ふ》してしまわれた。

男は、「下のほうではなく、私の顔を、少しでもよいから見てくださらないものか」と思うと、自分を避ける女君の心が情けなく、恨めしい。藤壺の衣をつかみ、引き寄せようとするが、女は着ているものを脱ぎ捨てて、必死に膝行しながら逃れようとする。けれども、思いがけないことに、男君がつかんでいる藤壺の衣の裾と一緒に、藤壺の長い髪の毛も捕《つか》まれてしまった。もう逃げられない。自分と光る君との、前世から決まっていた宿命が何とも情けなく思われて、「ひどく悲しい」とお思いになる。けれども、そういう宿命であったとしても、今度ばかりは「実事」を持ってはならないと、心を強くお持ちである。

男君のほうも、幼い時から、この女への憧れを持ち続けてきた。二度の「実事」はあったものの、ふだんは、この女への強い愛を自制してきた。それが、今は、ふだんの光る君ではなくなり、いつもとは違った人格の持ち主となって、さまざまな恨み言を、涙をこぼしながら、訴え続けている。それを聞く女は、「本心から、不愉快である」と思い、返事もなさらない。

女の口から出たのは、明らかに嘘とわかる、その場しのぎの言葉だった。「今夜は、ひどく気分が優れないのです。後日、もっと元気になりましたら、その時に逢って、お話ししましょう」とおっしゃる。男君は、幼い時から今まで、いちずに女君をお慕い申し上げ続けてきた恋情を、切々と訴え続ける。女君は、男君の接近を厭いつつも、心の奥底では彼を愛しているので、「本当に心に響く言葉だ」と思いながら聞く言葉も、いくつかはあったのではないでしょうか。特に、「二人のあいだに生まれた東宮（後の冷泉帝）の即位を、力の限り支えます」という言葉などは、女には嬉しく思えたことでしょう。

女君は、この男君と「実事」を持ったことが、これまでにないわけではなかったが、今夜、三度目の「実事」を持つことを、極力回避しようと思われる。心の奥底には男へと引きつけられる要素はありながら、それでも「実事」を持たずに、今夜も過ぎて、朝になったのだった。

［宣長説］

前の夜の二人の対面の場面では「実事」があったかのようにも読めるが、この「いとようのたまひのがれて、今宵も明けゆく」という表現によって、昨夜も、今夜も、どちらの夜も「実事」がなかった事実が明らかとなるのである。

［評］　女の命である髪の毛が、光源氏の藤壺への接近を許した。まもなく、この髪の毛を切って、藤壺は出家することになる。

10―5　藤壺の出家……心ある尼《あま》（海人《あま》）

亡き桐壺院の一周忌の法要のあと、藤壺は出家した。右大臣と弘徽殿の大后の勢力拡大に伴って、急激に押されがちな東宮（冷泉帝）の地位を守るための決断だった。時に、藤壺は二十九歳だった。翌年の正月、光源氏が藤壺を、お住まいの三条宮に訪ねる場面を読もう。

［『湖月抄』の本文と傍注］

客人《まらうど》（源のさま也）も、いとものあはれなる気色に、うち見回し給ひて（中宮のかたのさまを也）、とみに、もののたまはず。さま変はれる御すまひに、御簾《みす》の端《はし》、御几帳も青鈍《あをにび》（出家の用ゆる色也）にて、隙々《ひまびま》よりほの見えたる薄鈍《うすにび》、くちなしの（山梔子　共に）

袖口《出家の以(もち)ゐる服也》など、なかなかなまめかしう、おくゆかしう思ひやられ
給ふ。「とけわたる池のうす氷《ごほり》、岸の柳の気色《けしき》ばかりは時を
忘れぬ」など、さまざまながめられ給ひて、「むべも心ある《源の誦じ給ふ也》」
と、しのびやかにうちずンじ給へる、またなうなまめかし。

《源歌》ながめかるあまのすみかと見るからにまづしほたるる松
がうらしま

と聞こえ給へば、奥深うもあらず《藤のおはす所のさま也》、みな、仏にゆづり聞こえ《藤の御座所を仏に譲り奉り給へる也》
給へるおまし所《どころ》なれば、少し気近《けぢか》き心地して、

《藤返歌》ありし世のなごりだになきうらしまに立ち寄る波のめづ

らしきかな
とのたまふも、ほの聞こゆれば、しのぶれど（源氏の也）、涙ほろほろとこぼれ給ひぬ。世を思ひすましたるあま君たち（簾中に世をそむきたる人々多かるべし）の見るらんもはしたなければ、言少《ことずく》なにて出《い》で給ひぬ。

［湖月訳］
来客である光る君は、まことに寂しい雰囲気が漂うお住まいを、あちこち眺め渡していらっしゃったが、すぐには、藤壺にかける言葉が出てこない。住まいは、出家する以前とは一変しており、簾の縁《へり》も、几帳の色も、出家した人たちの用いる青鈍色《あおにびいろ》になっている。あちこちの隙間からかすかに見えている袖口の薄鈍《うすにび》色や梔子《くちなし》色は、やはり出家した尼君たちの用いる色ではあるのだが、青鈍色に交じると、かえって優美で、奥床《おくゆか》しいと光る君は感じながら眺めていらっしゃる。

「桐壺院が崩御なさったあと、藤壺様の出家もあり、私たちには厳しい冬のような試練が続いている。けれども、池の薄氷《うすらい》は融け始めているし、岸辺の柳も芽吹き始めている。自然界だけは季節を忘れず、春の準備をしているようだ」などと、あれこれ物思いに沈みながら、庭の様子を眺めていらっしゃる。

やがて、「むべも心ある」と口ずさまれた。これは、『後撰和歌集』の「音《おと》に聞く松が浦島今日ぞ見るむべも心ある海人《あま》は住みけり」（素性《そせい》）という歌の一節である。「松が浦島」は、陸奥《みちのく》の歌枕である。素性法師が尼となったお后を訪ねて、詠んだ歌である。松が浦島には「海人《あま》」が住んでいるが、ここには、心ある、つまり、情趣を理解している「尼《あま》」がお住まいである、という意味である。光る君は、素性の歌を口ずさむことで、藤壺が「心ある尼」であることを称《たた》えたのである。その光る君のお姿こそが、「心ある」、ものの情趣を理解しておられる、比類のない優美さだった。ご自身の歌も詠まれたが、やはり素性の歌を踏まえていた。

ながめかるあまのすみかと見るからにまづしほたるる松がうらしま

（陸奥《みちのく》には、松が浦島という風光明媚な歌枕があり、そこでは、海人《あま》が長い和布《わかめ》を刈るために、袖を塩水で濡らしているそうです。私は、風流な尼である藤壺様のお屋敷を訪れて、しみじみとしたお住まいの雰囲気に心打たれ、物思いに耽っては、懐旧の涙で袖を濡らしております。）

と、このように、藤壺に詠みかけられる。それに対して、藤壺も返事の歌を返されるが、これまでとは違って、女房が伝える藤壺の歌が、本人の声で光る君の耳にも聞き分けられる。出家前は、部屋の奥に藤壺の御座所《ござしょ》があったのだが、今ではそこを仏様にお譲りして、仏像が安置されている。藤壺は、少し手前に座っておられるのである。

ありし世のなごりだになきうらしまに立ち寄る波のめづらしきかな

（松が浦島には、波が寄せては返しているでしょうが、私の住まいは、華やかな昔の名残もなく寂しくて、余波《なごり》も寄せて来ません。久しぶりに故郷に戻ってきた浦島の子（浦島太郎）が、今の私の住まいを見れば、昔と一変した光景に驚くことでしょう。それでも、あなたは、珍しく、立ち寄ってくださったのですね。）

こうおっしゃる藤壺のお声をかすかに耳にすると、それまで涙をこらえていた光る君も、我慢できなくなり、泣いてしまった。藤壺と一緒に、お仕えしている女房たちも、王命婦《おうみょうぶ》を始めとして、何人も尼となって、今では仏道にいそしんでいる。彼女たちの見る目もあるので、光る君は多くの言葉を口にできずに退出された。

【宣長説】

宣長はこの場面の前後で意見を述べているが、この場面では異論を述べていない。

【評】　出家するとは、男が男でなくなり、女が女でなくなることである。つまり、藤壺は、光源氏の「恋愛の対象」ではなくなった。それでも、光源氏は藤壺に魅力を感じている。その思いが、「心ある尼」という言葉に込められている。

尼となった藤壺は、光源氏の手が、永遠に届かないところに去った。折口信《おりくちしの》夫《ぶ》の言う「白鳥処女説話」の話型である。真実の愛は、失われた。ただし、藤壺とそっくりの紫の上は、光源氏のそばに残っている。

紫の上は、オリジナルである藤壺のコピーなのだが、「コピー」のままで終わってしまうのか。それとも、紫の上は、藤壺のコピーであることを脱して、「紫の上というオリジナル」になれるのだろうか。それは、光源氏が紫の上を、これからどう処遇するか、次第である。

10—6　光源氏と朧月夜の密会が露顕する……悲劇と喜劇の交錯

朧月夜は、内侍《ないしのかみ》（かんのきみ）として、朱雀帝に仕えている。「わらはやみ」に罹《かか》って、実家の右大臣邸に戻った。ここには、朧月夜の姉である「弘徽殿《こきでん》の大后《おおきさき》」（かつての弘徽殿の女御）もいる。彼女は「悪后」と呼ばれるほどに光源氏を憎んでいる。そのような状況で、光源氏は右大臣邸を訪れ、朧月夜と密会していたが、突然の雷雨で帰りそびれた。そこへ、朧月夜の父親の右大臣が、娘へのお見舞いに現れ、光源氏との密会が露顕した。

［『湖月抄』の本文と傍注］

雷《かみ》、鳴りやみ、雨すこし小止《をや》みぬるほどに、おとど（二条右大臣也）渡り給ひて、まづ、宮の御方（弘徽殿のかたに也）におはしけるを、むらさめのまぎれにて、え知り給はぬに、かろらかに、ふと（右大臣、朧のかたへ来給ふ也）這ひ入り給ひて、御簾《みす》引き上げ給ふままに、「いかにぞ《入りもはてず、のたまふ詞也》。いと、うたてありつる夜《雷雨の事也》のさまに、思ひやり聞こえながら、参り来《こ》でなん。中将、宮の亮《すけ》など、さぶらひつや」など、のたまふけはひ《形勢》の、したどに《新猿楽記、舌早也》、あはつ《淡付》けきを《あはあはしき也》、大将は、もののまぎれにも、左のおとど《源の心也》の御有様、ふと、おぼし比べられて、たとしへなうぞ、ほほゑまれ給ふ。げに、入りはてても、のたまへかしな。

尚侍《かん》の君《きみ》、いとわびしうおぼされて、やをら、ゐざり出《い》で給ふに、面《おもて》の赤みたるを、「なほ《右大臣の心也》、なやましうおぼさるるにや」と見給ひて、「など《おとどの詞也》、御気色の例ならぬ。物《もの》の怪《け》などのむつかしきを。修法《ずほふ》、延《の》べさすべかりけり」とのたまふに、薄二藍《うすふたあゐ》なる帯の、（源の御帯　夏の直衣の色也）御衣にまつはれて、（朧の御衣のすそなどに源の帯のまつはれて也）引き出でられたるを、見つけ給ひて、「あやし」とおぼすに、（右大臣の見付けて、あやしみ給ふ也）また、たたう紙《がみ》の、手習ひなどしたる、御几帳《みきちやう》のもとに落ちたりけり。「これは、いかなる物どもぞ」と、御心おどろかれて、「かれは、誰《た》がぞ。（大臣の朧にのたまふ詞也）けしきことなる物のさまかな。賜《たま》へ。それ取りて、誰《た》がぞと、見侍《はべ》らん」とのたまふにぞ、うち見返りて、我も見つけ給へる。（朧も今見付け給へり）まぎらはすべきかたもなければ、いかがは答《いら》へ聞こえ給はむ、我にもあらでおはするを、「子ながらも、（草子地也）恥《は》づかしとおぼすらんかし」と、さばかりの人は、おぼしはばかるべきぞかし。されど、いと急《きふ》に、のどめたる所おはせぬおとどの、おぼしもまはさず《遠慮もなくて也》なりて、たたう紙をとり給ふままに、几帳《きちやう》より見入れ給へるに、いといたう《源の体也》なよびて《おとどの見給ふ心也》、つつましからず添ひ臥《ふ》したる男《をとこ》もあり。今ぞ《源のさま也》、やをら顔引き隠して、とかくまぎらはす。あさましう、めざましう《源と見付けて、おとどの心也》、心やましけれど、ひたおもて《直面也》には、いかでかあらはし給はん。目もくるる心地すれば、このたたう紙を取りて、寝殿《しんでん》《こきでんの御方也》へ渡り給ひぬ。尚侍《かん》《朧月、前後》の君は、我《われ》かの心地《忘却のさま也》して、死ぬべくおぼさる。大将殿も、「いとほしう。つひに、用《よう》なきふるまひの積もりて、人のもどきを負《お》はんとすること」とおぼせど、源は女君をなぐさめ給ふ也 女君の心ぐるしき御気色《けしき》を、とかく慰め聞こえ給ふ。

［湖月訳］

激しかった雷がやっと鳴り止み、雨が小止《こや》みになった頃、右大臣が、娘たちの無事を確認しようと思い立たれた。まず、寝殿にいらっしゃる弘徽殿の大后のお部屋に顔を出された。その時、ざぁ～っと、突然に村雨《むらさめ》が降ってきたので、その音にかき消されてしまい、右大臣が近くまで来ている気配に、朧月夜はまったく気づかなかった。そこへ、突然、すぅ～っと、右大臣が朧月夜の部屋の中に入ってきたのである。

右大臣は、いきなり、朧月夜の寝所の御簾《みす》を引き上げたかと思うと、「具合は、いかがですか。いや、もう。まったく、昨夜から、たいへんな雨と雷でしたな。あなたの様子を心配していたのですが、お見舞いすることもできませんでした。あなたの兄弟の中将や、皇后宮の亮《すけ》たちは、顔を見せましたかな」などと尋ねる口調が、何とも早口で、軽々しくて、とても大臣にふさわしい物言いではない。

光る君は、自分が今、たいへんな窮地に直面しているのも忘れ、葵の上の父親で、かつては自分の舅《しゅうと》だった左大臣の、沈着で重々しい話しぶりと対照的なので、思わず笑ってしまうのだった。光る君のお気持ちは、語り手の私にも、理解できます。右大臣には、せめて、簾の中に体を全部入れてから、娘さんに話し始めていただきたいものですね。

光る君と一緒にいるところに、突如として父親が現れたので、朧月夜は、困ってしまわれた。少しでも、光る君から離れようと、そ〜っと、簾の外へと、座ったままで進んでこられる。その顔は、あまりの混乱のために、真っ赤に上気しておいでだった。それを見た父大臣は、「おやっ、お顔が赤いですぞ。お熱が下がらず、まだ具合がお悪いようですな。瘧病《わらわやみ》が治りきるまでは、加持祈禱《かじきとう》を続けなければなりませんぞ。予定よりも、お祈りの期間を延ばさせましょう」などとおっしゃる。

その右大臣の目に、見馴れないものが見えた。簾の外へ出て来た朧月夜の衣に、どう見ても男物である薄二藍《うすふたあい》（青みを帯びた紫）の帯がからまった状態で、引きずられているのである。それを見た右大臣は、「おかしなことがあるものだ」と思われる。すると、おかしな物が、さらにもう一つ見つかった。懐紙《ふところがみ》に、何か、歌のようなものが書きすさんである。それが、朧月夜のそばの几帳のあたりに、落ちている。

右大臣は、「男物の帯と言い、懐紙と言い、こんなものが、なぜ、ここにあるのだろう」と、仰天された。その驚きのまま、「それらは、いったい、誰のものですか。見馴れないものですな。こちらへ、お寄越しなさい。誰の持ち物なのか、調べてみましょう」という言葉を口にされる。そう言われた朧月夜は、うしろをふり向いて、確かに、男物の帯と、男が歌を書きすさんだ懐紙が落ちているのに気づいた。言い逃れるすべがない朧月夜は、進退窮《きわ》まった。返事をすることもできず、茫然自失したままである。

僭越《せんえつ》ですが、語り手の私の意見を申し述べます。右大臣のような立場のお方であれば、たぶん男と逢っていたであろう娘の心を思いやって、「我が娘ではあるが、どんなに恥ずかしい思いをしていることだろう」と配慮して、口にする言葉にも、行動にも、親しい仲だからこそ遠慮があってしかるべきなのです。けれども、右大臣というお方は、早口であることからもわかるように、短気で、せっかちで、じっくり腰を落として熟慮することのできない性格の人物なのでした。

じっとしていられない右大臣は、娘がそれらの物を寄越さないので、自分の手で、落ちていた懐紙を拾い上げながら、几帳の奥を覗きこんだ。すると、そこには、たいそう優美な男が、あられもない姿で、平然と横になっているのが、目に入った。その男、光る君は、右大臣に顔を見られたあとになって、おもむろに顔を引き隠している。

右大臣は、娘が光る君と逢っていた事実と、その光る君の態度のふてぶてしさに、衝撃を受けた。あまりのことに驚き、光る君の態度が不愉快であり、癪にさわるのだが、いくら短気な右大臣といえども、相手が光る君であれば、面と向かって暴き立て、糾問《きゅうもん》することもできない。目の前が真っ暗になったような絶望感と怒りに駆られ、光る君の筆蹟が記された懐紙を証拠品として取り上げ、弘徽殿の大后がおられる寝殿に戻ってゆかれる。

朧月夜は、前後不覚の状態で、死ぬほどの恥ずかしさに苦しまれる。右大臣の前では平然さを装った光る君も、「朧月夜の心の中は、いかばかりかと思うと、可哀想でならない。この我が身も、いらざる恋愛沙汰が積もり積もって、とうとう世間の非難を浴びる羽目になったか」とお思いになるが、朧月夜が見ていてあまりにも苦しそうなので、言葉を尽くして、あれこれと慰めなさる。

［宣長説］

右大臣が、「ひたおもて」に、光源氏を暴き立てなかったというのは、「面と向かって」という意味ではなく、「遠慮や手加減をせず、ひたすら暴き立てる」という意味である。

［評］　右大臣もまた、「物語の誹諧《はいかい》」を担う人物である。

雷雨が原因で、光源氏と朧月夜の情事が露顕した。ここから、政敵の右大臣と、生前の桐壺更衣や藤壺、そして光源氏を憎悪してきた弘徽殿の大后（弘徽殿の女御）が、光源氏の失脚と追放を画策し始める。光源氏の都からの旅立ちが、いよいよ近づいてきた。

古代の物語の主人公は、例外なく旅に出る。『伊勢物語』の「昔男」（在原業平）は、清和天皇の后である二条の后（藤原高子《たかいこ》）との恋愛によって、東下りの旅に出る。光源氏は、朱雀帝から寵愛されている朧月夜との恋愛によって、須磨・明石へと旅立つ。

光源氏と藤壺との密通、そして東宮（冷泉帝）の実の父親が光源氏であるという秘密は、絶対に暴かれてはならない。その防波堤として、朧月夜との密会が露顕して、光源氏が旅立つことになった。朧月夜には、『伊勢物語』の二条の后のイメージがあるし、『源氏物語』内部では藤壺のイメージもある。

11　花散里《はなちるさと》巻を読む

花散里巻は、『源氏物語』五十四帖の中で、最も短い巻である。詩人の立原道造が、この巻の全文を、彼特有の筆蹟で書き写したものが、復刻して出版されている（麦書房）。本章では、この巻の全文を、『湖月抄』と『玉の小櫛』によって通読したい。

11―1　巻名の由来と年立

『湖月抄』の説。和歌の言葉が、巻名の由来である。「たちばなの香をなつかしみほととぎす花ちる里をたづねてぞとふ」。

「源氏、二十四歳五月の事也」。直前の賢木の巻が、二十四歳の六月あたりまで書かれているので、時間的に、花散里巻は賢木巻の中に含み込まれている。花散里巻は、賢木巻の「余情」である。それは、賢木巻からいきなり須磨巻の旅立ちに直結するのを避けるためである。

宣長説では、「二十五歳の五月まで」。賢木巻の巻末と、花散里巻の巻末は、同時期である。

11―2　光源氏、麗景殿の女御邸へと向かう……「姉妹」の一方と交際する男

【『湖月抄』の本文と傍注】

人しれぬ御心づから《心から也》の物思《ものおも》はしさは、いつとなきことなンめれど、かく、大方《おほかた》の世につけてさへ、わづらはしうおぼし乱るることのみ増されば、物心細く、世の中なべていとはしう《世をいとはまほしき心》

お《也》ぼしならるるに、さすがなること多かり。

麗景殿《れいけいでん》と聞こえしは、宮たちもおはせず《桐壺ノ帝の皇子も出できざりし也》、院《桐壺帝也》、隠れさせ給ひてのち、いよいよ哀れなる御ありさまを、ただ、この大将《源氏也》殿の御心にもて隠されて《源の御はぐくみにて過ぐし給ふ也》、過ぐし給ふなるべし。御おとうとの三の君、内《うち》わたり《禁中也》にて、はかなくほのめき《折々源の逢ひ給へる也》給ひしなごり、例の御心なれば、さすがに、忘れもはて給はず、わざとも、もてなし給はぬに、人の御心をのみ尽くしはて給ふべかンめるをも、この頃、残ることなくおぼし《源の也》乱るる世の哀れのくさはひ《種にとの心也》には、思ひ《哀れの数といふ心也》出で給ふに、しのびがたくて《思ひ出でたる哀れの堪忍しがたき也》、さみだれの空、めづらしう晴れたる雲間《くもま》に、渡り給ふ。

［湖月訳］

光る君は、藤壺とのことや朧月夜とのことなどで、絶えず秘密の情事に心を砕いておられる。好色の道ゆえの悩みは、光る君の人生に常に付きまとっていたのだが、桐壺院がお亡《な》くなりになって、最大の後ろ盾をなくされてからというもの、朧月夜との関係を揶揄《やゆ》する声も聞こえてきたりして、厄介に感じることばかりが押し寄せてくる。光る君は、むしょうに心細い思いに駆られ、世の中のすべてが面倒になり、いっそ出家してしまおうかと思ったりするのだが、いざとなると、さすがに、俗世間を捨てきる決心もお付きにならない。

さて、この物語の読者には、初めての紹介になるのですが、麗景殿《れいけいでん》の女御という方が、いらっしゃいます。桐壺院が皇位におありだった時の女御なのですが、親王にも内親王にも恵まれませんでした。院が薨去《こうきょ》なさってからは、経済的にもお困りなのですが、この光る君の援助によって、何とか、その日その日を過ごしておられるようです。

その女御の妹が、「三の君」である。この「花散里」の巻に初めて登場するので、その名前を「花散里」と呼ばれることになった。桐壺院が在位中に、光る君は花散里と、宮中で、何度か逢ったことがあった。自分と少しでも関わった女性を見捨てないのが、光る君の性分なので、その後も、さすがに忘れてしまわれることはない。かと言って、自分の正式な通い所として、処遇することもなかった。女のほうでは、光る君の愛情の薄さを心から嘆いて苦しんだりしていたようだった。

この頃は、光る君は、世の中のすべてが自分に対して厳しく感じられるので、思い乱れていらっしゃる。そういう時に、ふと、ふだんはその存在を忘れていた花散里のことを思い出される。思い出してみると、彼女のことが、光る君には自分の心を切なくさせる種の一つに思われる。思い出すと、そのままにはできなくて、降りしきる五月雨《さみだれ》が珍しく晴れた隙《ひま》を盗んで、花散里と逢うためにお出かけなさる。

［宣長説］

特になし。

［評］　父である桐壺帝の女御の「妹」と、光源氏は通じていた。一緒の家で暮らしている姉妹のどちらかと交際するというパターンは、宇治十帖の「大君と中の君」でも用いられている。『伊勢物語』第四段は、「大后の宮《おおきさい》」（藤原順子《じゅんし》）の住んでいる屋敷の西の対に住んでいる女（藤原高子《たかいこ》）に通っている、という話である。こちらは「姉妹」ではなく、「叔母と姪」に当たる。

麗景殿は、弘徽殿に次いで格式が高く、しかも「女御」として入内したのだから、花散里姉妹の父親は、おそらく大臣だったのだろう。それが、経済的な不如意に陥ったのは、不思議といえば不思議である。

11—3　光源氏と中川の女のすれちがい

光源氏は花散里の屋敷を目ざしていたが、その途中にある中川のあたりで、ある女のことを思い出した。

11—3—1　光源氏、中川の女の家の前を通る……琴の音と時鳥の声

［『湖月抄』の本文と傍注］

何《なに》ばかりの御よそひなく《装無く、行装無く也》、うちやつして、御前《ごぜん》《前駆もなく也》なども、こと《イニ》に《ナシ》なく、しのび給へり。中川《なかがは》《京極中川也》の程おはするに、さざやかなる《ちひさき家也》《小家のせばき也》家の、《誰ともなし》木立《こだち》など、よしばめるに、よく鳴る琴を、句あづまに調べて、掻き合はせ、句賑《にぎ》はしく弾《ひ》き鳴らすなり。御耳《源の也》とまりて、門近《かどちか》なる所なれば、すこし、さし出でて《車より、かほをさし出だし給ふ也》見入れ給へば、大きなる桂《かつら》の木の追ひ風に、祭《賀茂祭のもろかづらは、葵と桂となれば也》の頃おぼしいでられて、そこ

はかとなくけはひをかしきを、「ただ、一目《ひとめ》見給ひし宿りなり」と思ひ出で給ふに《源のなつかしく思ひ給ふ也》、ただならず。ほど経《へ》にけるを、「おぼめかしくや」と、つつましけれど、過ぎがてに《打ち過ぎがたき心也　難過也》、やすらひ給ふ。折《をり》しも、時鳥《ほととぎす》、鳴きて渡る。催《もよほ》し聞こえ顔《がほ》なれば、御車押し返させ給ひて《源の車を、かの門の前へ押し返す也》、例の、惟光《これみつ》を入れ給ふ。

を《源》ちかへりえぞ忍《しの》ばれぬ時鳥《ほととぎす》ほの語らひし宿の垣根に

［湖月訳］

光る君は、これと言ったお出かけの衣裳をお召しになっていない。いかにも「お忍び」

という様子で、牛車の先払いもなく、たいそうひっそりと、車を進めておられる。牛車は、中川のあたりに差しかかった。そのあたりに、敷地は狭いのだけれども、いかにも趣きがありそうな木立《こだち》の家があった。その家から、良い調子の琴の音《ね》が、聞こえてくる。和琴《わごん》には、「よく鳴る調べ」という調子がある。その調べに、和琴（六絃琴）を調律して合奏し、華やかな音を奏でているようだ。

その音が、牛車の中にいる光る君の耳にまで聞こえてきた。その家は、門からすぐ近くに建ててあるので、光る君は車から顔を外へ差し出し、その音の漏れてくる家の中を、覗き込まれる。

大きな桂《かつら》の木を、風が吹きすぎてゆく。その風の香りを嗅いでいるうちに、光る君は四月の葵祭のことを思い出した。賀茂の葵祭では、「諸鬘《もろかずら》」と言って、葵と桂を頭に飾る風習がある。今は五月であるが、桂の香りが、四月の葵祭の記憶を呼び覚ましたのである。記憶を辿っていると、この家の周囲には、好ましい風情《ふぜい》が感じられる。ここで、光る君は、「この家の女主人とは、かつて一度だけ逢ったことがある」と、やっとのことで思い出される。思い出してみると、とても懐かしい。

けれども、一度だけ逢ったというのも、かなり以前のことではあるので、この家の女が、今でも自分のことを覚えているのか、それとも、別の男を通わせているのか、はっきりしないし、確信が持てない。かと言って、このまま通り過ぎてしまうこともできず、しばし車を停《と》めて、逡巡《しゅんじゅん》なさっている。

ちょうどその時、時鳥《ほととぎす》が、鳴きながら上空を飛んでいった。その時鳥の声が、「光る君さん、勇気を出して、この家に宿ってはいかがですか」と、誘っているかのように聞こえた。そこで、牛車の向きを変えさせて女の家まで戻らせ、いつものように、惟光《これみつ》に、女の家に入ってゆかせた。惟光が持参した光る君の歌。

をちかへりえぞ忍ばれぬ時鳥《ほととぎす》ほの語らひし宿の垣根に

（時鳥が、何度も鳴きしきっています。その声を聞いているうちに、私は、この家に住むあなたと、もう一度逢いたいという気持ちを抑えきれなくなりました。あの時は、ほのかな語らいだけで終わってしまいましたので。）

［宣長説］

特になし。『万葉集』に用例がある「をちかへり」についても、触れていない。

【評】 桂の木の香りが、光源氏を懐かしい気持ちにさせた。「香り」が、花散里巻および花散里という女性のモチーフの一つである。

『湖月抄』は、「をちかへり」を、「幾返《いくかへ》りともなく」（何回となく）という意味で解釈している。現在では、「昔に帰る」（昔を思い出して）という解釈が有力である。辞書では、「昔に帰る」と「繰り返し」を、同じ概念として掲げるものがある。辞書には、また「若返る」という意味も載っている。

11―3―2 中川の女、光源氏を家に入れず……さすがの惟光も断念

［『湖月抄』の本文と傍注］

寝殿《しんでん》とおぼしき屋《や》の、西のつまに、人々ゐたり。さきざきも《惟光も又内の女も互に》聞き知る声なりければ《こゑを聞き知るなり》、こわづくり、けしきとりて、御消息《せうそこ》

聞こゆ。若やかなるけしきども、あまたして《イニナシ》、おぼめくなるべし。

《女》時鳥《ほととぎす》ことゝふ《かたらふイ》声はそれなれどあなおぼつかなさみだれの
空

「ことさらに、たどる」と見れば、「《惟光詞也》よしよし。《へ》植ゑし垣根も」とて出《い》づるを、人知れぬ心には、ねたうも、哀れにも思ひけり。「《惟光心》さも、つつむべきことぞかし。《句》ことわり」にもあれば、《句》さすがなり。

源の御心はかはるに、五節はかはらぬと也　須磨の巻に委し　五せちとよむべし。「つ」とよまず　「は」也　も

「かやうのきはに、筑紫《つくし》の五節《ごせち》こそ、らうたげなりしはや」

と、まづ、《のかなといふ心也》おぼしいづ。いかなるにつけても、御心《あなたこなたの事也》のいとま《方々》なく、《へ心かけ給ふ事也》年月《としつき》を経《へ》ても、苦しげなり。なほ《地》、かうやうに見しあたりのなさけは、過ぐし給はぬにしも、なかなか、あまたの人の物思ひぐさなり。

［湖月訳］

惟光は、中川の女の家に入ってゆく。惟光は、これまで、光る君の色恋の仲介を務めてきた実績がある。目指すは、女が住んでいる寝殿であるが、小さな家なので、どれが寝殿なのか、今ひとつ、はっきりとしない。それでも、寝殿のような建物の西の端《はし》のほうに、女房たちが控えている。光る君は、ただ一度しかこの屋敷に足を運んだことはないのだったが、光る君と女主人の仲を取り持つ有能な惟光と女房たちは、互いに相手の声を記憶しているのである。

惟光は、「自分は、光る君の信任の篤《あつ》い従者の惟光である」ということが女房たちに伝わるような音を立てて、咳払《せきばら》いした。そして、相手が、自分のことを思い出したようだと判断してから、光る君の歌をお伝えする。若々しい女房たちが、何人も中で動いている気配がしたが、女主人は、「誰からの手紙なのか、わからないふりをして、とぼけよう」と思ったようである。光る君の途絶《とだ》えが、あまりにも長かったので、女を取り巻く状況が変わっているのであろう。

時鳥《ほととぎす》こととふ声はそれなれどあなおぼつかなさみだれの空

（今鳴いている時鳥の声は、いつか我が家に飛んできて鳴いていた時鳥の声と同じように聞こえますけれども、本当に同じ時鳥なのかは、はっきりとはわかりかねます。この歌を詠まれた方も、もしかしたら、いつか私とお話をしたことのあるあの方かな、と思わないでもありませんが、どうも違っているようです。あなたは、人違いをしておられませんか。）

惟光は、この歌を見て、「わざと、誰が詠んだのか、詠みかけられたのも本当に自分なのかわからないと、とぼけたのだろう」と見て取った。それで、惟光は女房たちに、「ああ、それなら結構です。『花散りし庭の梢《こずえ》も茂りあひて植ゑし垣根もえこそ見わかね』という歌があります。垣根がどこにあるかもわからないという意味の歌ですが、私のほうでも、歌を届けるべき家の垣根を見間違えたのかもしれません。では、お暇《いとま》します」と言い置いて、家を出た。

けれども、実のところ、女のほうでは、いまだに光る君に対して愛着を持っていたのだった。それなのに、惟光があっさり引き下がったので、「もっと、心から言い寄ってほしかった」と思うと、さっさと引き下がったのが癪にさわる。また、今では、光る君の愛情を受けられない立場に自分があることが、女には、しみじみと悲しく思われるのだった。

惟光は、「女には光る君との対面をことわる、何かしらの事情があったのだろう。光る君の訪れは、あまりにも間隔が空《あ》きすぎた。別の男が通っているのであれば、さすがに、これ以上の申し入れは遠慮すべきだろう。癪《しゃく》にさわるが、やむをえない」と思う。

惟光からの報告を聞いた光る君は、「こういう身分の女の中では、あの筑紫《つくし》の五節《ごせち》が、まことにかわいらしかったな」と思い出される。「筑紫の五節」は、大宰《だざい》の大弐《だいに》の娘で、かつて五節の舞姫に選ばれ、光る君と逢瀬を持ったのである。光る君の足が遠のいても、女は一途《いちず》に光る君を慕い続けた。光る君は、このように、あちらこちら、多くの女との関係で、心が安まる時とてなく、いつになっても苦しんでいらっしゃる。

語り手の私が思いますには、この中川の女のように、一度だけしか逢わなかった女ならば、とっくに忘れてしまったほうが、よいのです。それなのに、光る君の場合には、そんな女たちを見捨ててしまわずに、さっさと通り過ぎないで歌を詠み入れるようなふるまいをなさるので、たくさんの女たちに物を思わせる原因を作ってしまわれるのです。

［宣長説］

特になし。

［評］「花散りし庭の梢も茂りあひて植ゑし垣根もえこそ見わかね」。この歌の中に、「花散りし」とある。「花散里」という言葉の伏線なのだろうか。ただし、鎌倉時代の注釈書である『紫明抄』が初めて指摘したこの歌の出典は、未詳である。そう考えると、「花散りし」と始まるのは、花散里巻のこの箇所の表現から、逆に創作されたものか、とも考えられる。

藤原定家の『源氏物語奥入《おくいり》』には、「囲はねど蓬《よもぎ》のまがき夏くれば植ゑし垣根も繁り合ひにけり」という歌が指摘されている。だが、この歌もまた、出典未詳である。似た歌としては、曾禰好忠《そねのよしただ》に、「囲はねど蓬のまがき夏くればあばらの宿をおもかくしつつ」があるが、肝腎の「植ゑし垣根」という「源氏詞《げんじし》」が好忠の歌には存在しない。謎である。

11—4　光源氏と麗景殿の女御

光源氏は、お目あての花散里と逢う前に、彼女の姉の麗景殿の女御と、しみじみと語り合うのだった。

11―4―1　光源氏、麗景殿の女御と語らう……橘の香り

［『湖月抄』の本文と傍注］

さて、かの本意《ほい》のところは、おぼしやりつるもしるく、人目《ひとめ》なく、しづかにておはするありさまを見給ふも、いとあはれなり。まづ、女御《麗景殿也》の御方にて、昔の御ものがたりなど、聞こえ給ふに、夜《よ》、ふけにけり。二十日の月、さしいづる程に《五月の頃、古りたる庭のさま思ひやるべし》、いと木高《こだか》きかげども、木暗《こぐら》う見え渡りて、近き橘の香りなつかしく匂ひて、女御の御け

はひ、ねびにたれど、あくまで用意《ようい》あり、あてに、らうたげなり。「すぐ《源の心也》れて華やかなる御おぼえこそ《桐壺の帝の御寵の程を今思ひ出で給ふ也》なかりしかど、むつまじうなつかしきには、おぼしたりし《故院のおぼせし也》ものを」など、思ひ出で聞こえ給ふにつけても、昔のこと、かきつらねおぼされて、うち泣き給《源のなき給ふ也》ふ。

〔湖月訳〕

花散里のもとへ向かう途中、中川のわたりで、別の女の家に入り込もうとなさった光る君の試みは挫折した。そこで、今夜の外出の本来の目的地だった花散里のお屋敷に到着された。光る君が想像していた通り、あるいは想像していた以上に、ひっそりとしている。仕えている者たちも少なく、まして、訪れる人もいない。あまりの静寂ぶり、いや荒廃ぶりに、光る君の心は悲しくなる。

光る君は、まず、花散里の姉君である麗景殿《れいけいでん》の女御のお部屋で、挨拶される。何やかやと、今は亡き桐壺院が、天皇に在位しておられた盛時の、楽しい思い出話を申し上げているうちに、あっという間に、夜も更《ふ》けていった。

今宵は、五月の二十日《はつか》。二十日の月は「更《ふ》け待《ま》ち月《づき》」という別名があるように、午後十時頃になって、やっと上《のぼ》ってくる。手入れをしていないので高く伸び放題の木《こ》々が作る木陰《かげ》が、鬱蒼とした闇の領域を広げてゆく。濃くなった闇の中で、軒近い所で咲いている橘の花が、懐かしい香りを、あたり一面に漂わせている。橘の香には、恋しい人や懐かしい昔を思い出させる喚起力がある。「五月《さつき》待つ花橘の香《か》を嗅げば昔の人の袖の香ぞする」(『古今和歌集』読み人知らず)という歌の通りである。

麗景殿の女御は、橘の香りそのものの、奥床しい人柄の持ち主である。かなりお歳《とし》を召されているが、心配りが素晴らしく、気品があり、そばにいて愛《いと》おしく感じられる人柄である。光る君は、「このお方は、ずば抜けた桐壺帝のご寵愛こそなかったものの、帝は、慕わしく、奥床しい女性として、このお方を大切に思っておられた」などと、思い出すにつけても、過ぎ去りし日々の出来事が、次々に思い出されるので、思わず落涙された。

【宣長説】

ここも、特になし。

【評】むずかしい言葉は、ほとんどない。平易な文章である。この文体が、橘の花の懐かしい香りと相俟《あいま》って、麗景殿の女御の人柄を体現している。そして、その妹の花散里の人柄も。

11—4—2　光源氏、麗景殿の女御と和歌を贈答……記憶を蘇らせる女

【『湖月抄』の本文と傍注】

時鳥《ほととぎす》、ありつる垣根（中川の宿の垣根也）のにや（面白き書きざま也）、同じ声にうち鳴く。「慕ひ来《き》にけるよ」とおぼさるる程も、艶《えん》なりかし。「いかに知りてか」

など、しのびやかに、うち誦《ず》ンじ給ふ。
橘《源歌》の香《か》をなつかしみ時鳥花散る里をたづねてぞとふ
「いにしへ《源の詞也》の忘れがたき慰めには、まづ、参《まゐ》りはンべりぬべかりけり。こよなうこそ、まぎるることも、かず添ふことも侍りけれ。大方《おほかた》の世にしたがふものなれば、昔語りも、かきくづす《語を云ひ出づる也》べき人、少なうなりゆくを、まして、いかに、つれづれ《源さへ友もなければ麗景殿はと也》もまぎるることなくおぼさるらん」と聞こえ給ふに、いと、さらなる世なれど、物をいとあはれとおぼしつづけたる御け《源の也》しきの浅からぬも、人の御さまからにや、多くあはれぞ添ひにける。

女御の歌
人目《ひとめ》なく荒れたる宿は橘の花こそ軒のつまとなりけれ《源に訪(と)はるるはしとなりしと也》とばかりのたまへるも、「さは言へど《源の心也》、人には、いと、ことなりけり」と、おぼしくらべらる。

［湖月訳］

光る君が音《おと》もなく泣いておられる時、部屋の外から、時鳥《ほととぎす》の鳴き声が聞こえた。その声は、さきほど中川の宿の垣根で聞いた時鳥の鳴き声と、まったく同じだった。「あの時鳥は、私を慕って、ここまで追いかけてきたのだろうか」と思っていらっしゃる光る君の雰囲気は、まことに優美なものだった。

光る君は、心に浮かんだ古歌を、しみじみと口ずさまれる。「いにしへの事語らへば時鳥いかに知りてか鳴く声のする」（第五句「古声《ふるごゑ》のする」とも）。それに引き続いて、ご自身でも、歌を詠まれた。

橘の香《か》をなつかしみ時鳥花散る里をたづねてぞとふ

（あの時鳥は、私の心をよく理解しています。時鳥は、橘の花の懐かしい香りに心惹《ひ》かれるので、その花の匂いの源を求めて、このお屋敷を探し求めて、ここまで飛んできたのですよ。私もまた、亡き桐壺院の思い出を語り合う相手があなたしかいませんので、あなたとお話をしたくて、ここまでやってきたのです。あの時鳥は、私です。）

光る君は、歌に続けて、心のうちを述懐なさる。「昔のことが懐かしく思い出されてどうしようもなくなった時には、真っ先に、このお屋敷に参上すべきですね。ここに参りますと、ほかでは解消できない悲しみが癒やされることも、逆に、いっそう悲しみが増すこともあります。世間の人々は、その時々の権力者に追従《ついしょう》する習いですから、もう権力を持っていない故人のことなどを語り合い、心の中に積もり積もった悲しみを語り合って解消することなど、とても期待できません。私のように、公《おおやけ》の世界を生きている者でも、そうなのですから、まして、女御様のように他人との交際の少ないお方は、どんなにか話し相手もなく、所在ない思いを晴らすすべがないことでしょうか」などと申し上げなさる。

女御は、「すべてが移り変わってしまう世の中なので、自分の悲しみは、口にしても仕方がない」と思い続けていらっしゃる。その女御の目には、光る君がまことに心深く、憂《うれ》いを抱いておられるのがわかるので、そのような光る君のお人柄に接して、女御は、さらに多くの悲しみをお感じになるのだった。

女御も、歌を詠まれた。

人目なく荒れたる宿は橘の花こそ軒のつまとなりけれ

（私の家は、誰も訪れる人とてなく、荒れ果てています。端《はし》近くに橘の花が咲いていますが、その橘の香りが、光る君をこの家にまで引き寄せる端緒となったのでした。）

言葉はなく、この歌だけを口にされる。光る君は、「麗景殿の女御は、桐壺帝の寵愛がなかったとは言っても、さすがに、優れていらっしゃる。今は、これほどのお方は、めったにいない」と、ほかの女性たちと比較して、高く評価されるのだった。

［宣長説］

まず、「橘の香をなつかしみ時鳥花散る里をたづねてぞとふ」という光源氏の歌に関して、『湖月抄』は、二首の古歌を踏まえている、と言っている。

橘の香をなつかしみ時鳥語らひしつつ鳴かぬ日ぞなき

橘の花散る里に通《かよ》ひなば山時鳥とよませんかも（「とよまさんかも」「とよもせんかも」）

ただし、『万葉集』巻八にあるのは、次の歌であると、宣長は言う。

橘の花散る里の時鳥片恋《かたこひ》しつつ鳴く日しぞ多き

次に、「御けしきの浅からぬも」の部分は、『湖月抄』の傍注は光源氏の様子と取るが、頭注では女御の様子という説も紹介されている。宣長は、どちらを取るとも言っていない。現在では、女御とする解釈が有力である。

最後に、麗景殿の女御の歌の「軒のつまとなりけれ」。宣長は、『湖月抄』の解釈のようにならざるをえないのだろうが、と言いつつも、光源氏を招く端緒となったことを、「軒の端《つま》となる」と言うのは、不思議な詠み方であり、不審が残る、と疑問を呈している。宣長も、自信を持って解釈できていない。それは、私が思うには、宣長は学者として超一流であるが、歌人としての宣長の力量が超一流ではないので、和歌の解釈が透徹していないからではないだろうか。

［評］ 現代人が「花散里」という女性について考える時に、必ず連想するのが、この場面である。ところが、ここでは花散里の「姉」が、光源氏と橘の歌

を詠み交わしている。次の場面に、花散里本人が登場するが、そこには和歌の贈答はなく、「橘」の香りも出てこない。『源氏物語』の中で、花散里は五首の和歌を詠んでいるが、橘の歌はない。

11―5　光源氏、花散里と語り合う……心の重い女

光源氏は、麗景殿の女御としめやかに語り合ったあとで、お目当ての花散里の部屋を訪れた。

『湖月抄』の本文と傍注

西面《にしおもて》には（花ちる里の住み給ふ方也）、わざとなく、しのびやかにうちふるまひ（源の也）給ひて、のぞき（花散のかたを也）給へるも、珍しきに添へて（花散の方に源の御出でを也）、よそ（世 イ）に目なれぬ御さまな

れば、つらさも忘れぬべし《草子地より察して云ふ也》。何やかや《源氏の也》と、例の、なつかしく語らひ給ふも、おぼさぬことにはあらざるべし《偽は有るまじきと花散里は思ひ給ふ也》。仮《草子地也》にも、見給ふかぎりは、おしなべての際《きは》にはあらねば《源の見給ふに、さのみあしき人はなきと也》にや、さまざまにつけて《何事につけてもなり》、「いふかひなし」とおぼさるるはなければにや、にくげなく、我《われ》も人もなさけをかはしつつ、過ぐし給ふなりけり。それを、「あいなし」と思ふ人は、とかくに《とにかくにイ》変はるも、「ことわりの世のさが」と思ひなし給ふ。ありつる《草子地よりいふ也》垣根も、さやうにて、ありさま変はりにたるあたりなりけり。

［湖月訳］

麗景殿の女御のお住まいの西向きの部屋に、花散里は住んでいる。光る君は、姉の麗景殿の女御にご挨拶するのが今回の訪れの目的であるかのように振る舞い、花散里に逢うのも表立たないようになさる。

光る君が花散里のお部屋に顔を出されてからのことは、私、語り手が、ご説明いたします。光る君が、ここにおいでになるのは久しぶりであるのに加えて、ほかではお目にかかれないほどの美貌なので、花散里は、日頃、寂しい思いをしていることの恨めしさも、きっと忘れてしまったことでしょう。また、光る君が、あれこれと言葉を尽くして、しばらく顔を見せなかったことをお侘《わ》びになるので、花散里もその言葉を真実のものではない、などとは決して思われないことでしょう。

かりそめにも、光る君ほどのお人が通われる女性たちは、どのお方も、身分が低いわけでも、教養が浅い人でもありません。いろいろな面において、「問題にならないほど、ひどい女だ」と思う女など、いないので、たとえ光る君の訪れが永く絶えていたとしても、それを恨むことはないのでした。光る君のほうでも、女のほうでも、互いに相手を信頼し合っているからこそ、長続きしているのです。特に、この花散里は、おっとりとした心を持っていましたので、光る君が最後までお忘れになることがなかったのでした。ただし、そういう「細く長く」お付き合いすることを不満に思うような女たちは、何かと心変わりして、ほかの男を通わせるようになるのです。光る君は、そういう女に対しても、「それもまた、世間の習いであり、やむを得ないことだ」と承知して、女を恨みに思われることはありません。先ほど、中川の宿で、光る君の申し入れを、「人違いでしょう」ととぼけた女も、そういう「ことわりの世のさが」で、ほかの男と付き合うようになった人なのでありました。

【宣長説】

「何やかやと、例の、なつかしく語らひ給ふも、おぼさぬことにはあらざるべし」の箇所について、宣長は何も言っていない。『湖月抄』は、「おぼさぬ」の主語を、花散里と解釈している。だが、宣長の弟子の鈴木朖《あきら》は、それはひどい読み間違いで、これは「草子地」である、と述べている。つまり、「おぼさぬ」の主語は光源氏で、彼の心の中を語り手が推測している、と解釈しているのだ。現代では、鈴木朖の解釈が有力である。

［評］　花散里は、心の重い女である。それに対して、男の愛情を信じられず、ほんの少し男の訪れが間遠になっただけで、男との恋愛を断念して関係を断絶したり、同居していた場合には、家を出て出奔してしまうことがある。『伊勢物語』では、男を信じられない女がいて、家を出てしまう時に、『冷泉家流伊勢物語抄《れいぜいけりゅう》』などは、心が浅く、軽い女に、「小野小町」という固有名詞を当てはめている。『源氏物語』の花散里は、『伊勢物語』の「小野小町」とは対照的な、男への愛が揺らぐことのない「心の重い女」なのである。

12 須磨《すま》巻を読む

須磨巻は、『源氏物語』の十二帖目であり、五十四帖全篇の大きなターニング・ポイントである。物語文学の主人公は、ほとんど例外なく、大きな旅に出ている。『伊勢物語』では昔男（在原業平）が「東下り」をし、『源氏物語』では光源氏が須磨・明石を旅する。「貴種《きしゅ》流離譚《りゅうりたん》」と呼ばれる話型《わけい》である。

なお、この巻のあたりで『源氏物語』を読み続けるのを諦める読者も多く、「須磨帰り」（須磨返り）と呼ばれている。『源氏物語』を原文で読み通す際の「最大の難所」である。この巨大な門の扉を無事に通り抜け、その後の『源氏物語』の世界の豊饒さを実感していただきたい。『湖月抄』の導きがあるのが、何とも心強い。

「須磨源氏」という言葉は江戸時代からあるが、私が思うに、「須磨帰り」という言葉は、それほど古いものではないようだ。昭和の戦後の用例しか、私は目にした記憶がない。「源氏物語の原文はむずかしい」という固定観念は、『湖月抄』を日本人が参照しなくなったあとから顕著になってきたのではないか。これが、私の仮説である。『湖月抄』があれば、『源氏物語』は誰にでも、いつでも、二十一世紀の現代でも、原文で味読できる。現代語訳などからは、物語の中に入りやすいけれども、どうしても飽きやすい。

12―1 巻名の由来と年立、この巻の主題

まず、『湖月抄』の説から。「須磨」という巻名になった言葉は、和歌にも、散文にも見られる。須磨は、光源氏が謫居《たっきょ》（罪によって蟄居《ちっきょ》すること）した土地である。

年立は、光源氏の二十五歳の三月から、二十六歳の三月あたりまで。賢木巻の巻末が、二十四歳の夏までなので、「秋と冬」のことは、省略されている。その期間で、右大臣や弘徽殿の大后の策謀によって、光源氏は政治的な窮地に追い込まれていった。

この巻には、儒教が重視する「五常《ごじょう》」（仁・義・礼・智・信）や「朋友」などの理念がすべて書かれている。また、儒教でも風雅の道（和歌）で大切とされる、「思無邪」（思《おも》い、邪《よこしま》無し）という理念が書かれている。また、『源氏物語』全篇の主題である「盛者必衰《じょうしゃひっすい》」の心が、よく表れている、と『湖月抄』は述べる。

宣長説では、源氏の君、二十六歳の三月より、二十七歳の三月まで。

12—2　光源氏、須磨への退去を決意……モデルとなった五人の旅人

須磨のある摂津の国は、「畿内《きない》」五か国（大和・山城・和泉・河内・摂津）の一つであるが、「須磨の関」を越えた播磨《はりま》の国は、「畿外《きがい》」である。光源氏は、延《の》べ（足かけ）三年、正味では二年と四か月、須磨と明石に滞在した。古代文学に頻出する「三年間の旅」のモチーフである。

まずは、須磨巻の冒頭を読もう。

［『湖月抄』の本文と傍注］

世の中、いと煩《わづら》はしく、はしたなきことのみ増《ま》されば、「せ《しひて》

めて、《也》知らず顔《がほ》にあり経《へ》ても、これより増さることもや」と、おぼしなりぬ。かの須磨は、「昔こそ、人の住みかなどもありけれ、今は、いと里《さと》ばなれ、心すごくて、海人《あま》の家だに、稀《まれ》に」など、聞き給へど、人しげく、ひたたけたらん住まひは、いと本意《ほい》なかるべし、《おほやけのかしこまりなる故也》さりとて、都を遠ざからんも、《須磨は都よりの程も近からず遠からず、よき程也》故郷《ふるさと》おぼつかなかるべきを、人わろくぞ、おぼしみだるる。

［湖月訳］

光る君が朧月夜と密会している場面を目撃した右大臣は、弘徽殿の大后と謀り、光る君を失脚させようとした。左遷するには、大宰府や隠岐などへの「遠流《おんる》」と、都に近い国への「近流《こんる》」とがあるが、右大臣一派は容赦なく、遠流に追い込もうと画策しているようである。

そのような状況の中、光る君は、都での暮らしが、ひどく厄介になり、居心地の悪い思いをなさる機会が増えてゆく。ご自身では、配流《はいる》させられるような「罪」を犯していないという確信がおありなので、「右大臣たちの動きには気づかないふりをして、じっと我慢し、今のまま都に留まり、目立たないように逼塞《ひっそく》して、やり過ごすこともできるだろう。ただし、それだと、悪政を行う右大臣たちによって、今以上に厳しい処断が下り、不本意な遠流に処されてしまいかねない」という結論に達したのだった。

光る君の念頭に浮かんだのは、配流される前に、都から近からず、遠からずの、ちょうど良い場所に、自分のほうから進んで退去する、という戦略だった。たとえば、摂津の国の須磨。ここは、かつて、在原業平《なりひら》の兄である行平《ゆきひら》中納言が、自分から進んで蟄居《ちっきょ》した所である。

その須磨について、「どんな所か」と、人にお尋ねになったところ、「昔は、人も住んでおりましたものの、最近では人家がある所からも遠く、ぞっとするほどに寂しく、海人《あま》たちの住まいですら、ほとんどありません」という返事だった。

それを聞いて、光る君の心は、揺れ動かれる。「人が多く住んでいて、賑《にぎ》やかなあたりに移り住むのは、都での社会的な活動を謹慎するためである、という本来の意図から離れてしまう。そうかと言って、人がほとんど住まない、都から遠い僻地《へきち》に移るのも、故郷《ふるさと》である都のことが心配でたまらず、気持ちが落ちつかないだろう。近くもなく、遠くもない所がないものか。あるとしたら、やはり須磨ではあるまいか」などと、ふだんは心乱れている様子など、ほかの人には決してお見せにならない光る君が、この時ばかりは、体裁が悪いくらいに悩んでいらっしゃる。須磨に下る決心をされたものの、ためらいもまた大きかったのである。

さて、光る君が須磨へ行かれたことには、五人の先人たちの面影が重ねられている。まず、須磨で蟄居した在原行平。中国古代の聖人で、周《しゅう》から楚《そ》へ退去した周公旦《しゅうこうたん》。大宰府に流された菅原道真。同じく大宰府に左遷された源高明《たかあきら》。隠岐の島に流された小野篁《たかむら》。この五人である。「地・水・火・風・空」の「五大《ごだい》」が、一つに融合して草木を生じさせるように、五人のモデルが一つに融け合って、須磨巻の光源氏の旅を作り出してゆくのである。

[宣長説]

「ひたたけたらん住まひ」の「ひたたく」という言葉について、『湖月抄』は、「叨」(トウ・むさぼる・みだりに)とか、「滔」(トウ・はびこる・あつまる)などの漢字を宛《あ》てているが、そうではなく、「しまりがなく、ばっとしている」というニュアンスである。『湖月抄』が言っている「人が多く、にぎやかである」という解釈はおかしい。この「ばっとしている」という俗語は、雑然としている、くらいの意味であろう。

[評] 宣長が言うように、「ひたたく」には、「しまりがなく、ばっとしている、乱れている」という意味が、確かにある。『紫式部日記』にも、その意味の「ひたたく」の用例がある。ただし、この須磨巻では、文脈に即して読み解くならば、『湖月抄』の説が適切だと思う。

さて、古代文学のヒーローは、必ず旅をする。だから、光源氏は旅に出た。「光源氏の旅」を具体的に彩る「五人の旅人」を、『湖月抄』は列挙している。このあと、須磨巻を読み進めると、白居易(白楽天)や、王昭君などの名前も挙げられている。

須磨の地には、『万葉集』の柿本人麻呂、『源氏物語』の光源氏、『平家物語』の福原と一ノ谷、室町時代の謡曲『松風』、近現代の詩歌や小説など、膨大な文学遺跡がうずたかく堆積している。その中で、最大のものが、『源氏物語』須磨巻である。

12―3　光源氏、紫の上と別れて須磨へ向かう……春の別れ

須磨退去を決意した光源氏は、心を許した腹心たちのみを連れての旅立ちなので、都に残る人々と別れを交わす。平安時代の政治状況では、一度失脚した人物が、政界に返り咲き権力の頂点に立つことは、まず、ありえなかった。須磨への旅立ちは、そのまま「今《こん》生《じょう》の別れ」となりかねない。一人一人への惜別は、悲しみの極致だった。

紫の上、花散里、藤壺、東宮（冷泉帝）、左大臣（葵の上の父）、大宮（葵の上の母）、頭中将（葵の上の兄弟）、夕霧（光源氏と葵の上の間の子）、朧月夜、故桐壺院の眠る山陵などを、光る君は次々と訪れた。

そして、三月下旬、光源氏は万感の思いを胸に、紫の上と別れを交わし、いよいよ須磨へと旅立った。

［『湖月抄』の本文と傍注］

その日は、女君に《此の日は未だ下向せざる也》、御物語、のどかに聞こえ暮らし給ひて、例の、夜深く、出で給ふ。狩の御衣《旅の御衣也》など、旅の御よそひ、いたくやつし給ひて、「月、《源の詞也》出《い》でにけりな《今、出でたち給ふ也》。なほ、少し出でて、見だに送り給へかし。いかに、聞こゆべきこと、多く積もりにけりとのみ、おぼえんとすらん。一日《ひとひ》二日《ふつか》、たまさかに隔つる折《をり》だに、あやしう、いぶせき心地するものを」とて、御《み》簾《す》、巻き上げて、端《はし》の方《かた》に、いざなひ《さそひ出で給ふ也》聞こえ給へば、女君《紫上の体也》、泣き沈み給へる、ためらひて、ゐざり出で給へる、月影、いみじうをかしげにて、居《ゐ》給へり。「我が身《源の心中也》、かくて《紫の事を思ふ也》、はかなき世を別れなば、いかなるさまに、さすらへ給はん」と、うしろめたく、かなしけれど、おぼし入りたるが、いとどしか《彌（いよいよ）也》るべければ《「し」は置字也》、

源歌
生ける世の別れを知らで契りつつ命を人に限りけるかな

「はかなし」など、あさはかに、聞こえなし給へば、

紫上　面白き歌也
惜しからぬ命にかへて目の前の別れをしばしとどめてし

がな

「げに《源の心也》、さぞおぼさるらん」と、いと見捨てがたけれど、明けはてなば、はしたなかるべきにより、急ぎ、出で給ひぬ。

道すがら、面影に《紫上を忘れ給はぬ也》、つと、添ひて、胸もふたがりながら、御舟に乗り給ひぬ。日永《なが》き頃なれば、追風《おひかぜ》さへ添ひて、まだ申《さる》の時《とき》ばかりに、かの浦に着《つ》き給ひぬ。

［湖月訳］

いよいよ、明日が出発という日になった。慣例として、旅立ちは、夜明け前の早朝ということになっている。旅立ちを控えた前の日は、とっぷりと日が暮れるまで、紫の上と二人で、親密な語らいの時をお持ちになった。そして、夜が明ける直前の、まだ暗い時間帯に、お屋敷を後《あと》にされる。

光る君は、質素な狩衣《かりぎぬ》を、いかにも旅装《りょそう》という感じでお召しになっている。紫の上に向かって、「さあ、お別れの時が来ました。今は三月下旬で、月の出は遅いですが、空にはやっと月が顔を見せていますよ。あなたは、そんなに部屋の奥に籠《こ》もっていないで、もう少し、庭近くまで出てきて、お見送りくらいはしてくださいな。私が、この屋敷を出ていったら、あなたは私と同じように、『別れの時に、こんなことを言っておきたかった。別れる前に、どうして、あのことを言っておかなかったのだろう』などと、後悔なさることになりますよ。私も、たった一日か二日、あなたとお逢いできない日があると、自分でも不思議なくらい、気持ちが落ちつかず、不安になったものです。あなたも、そうでしょう。これからは、それがずっと続くのですよ」などと言いながら、簾《すだれ》を巻き上げ、「もっと、庭の近くまで出ていらっしゃい」とお誘いなさる。女君は、それまで涙にくれておられたので、泣き顔を見られたくなくて、少し時間をかけて気持ちを静め、少しずつ膝行《しっこう》しながら、前へとにじり寄ってこられた。空に懸かっている月の光を浴びて、とてもかわいらしいお姿で、座っていらっしゃる。光る君は二十五歳、紫の上は十八歳の別れだった。

光る君は、「この世は無常なので、もしかしたら、私は都を離れたまま、この屋敷には戻って来られないかもしれない。そうなれば、彼女は、どんなにか、孤独で、頼りなく生きてゆかなければならないことだろうか」と思うと、紫の上のことが心配でたまらず、悲しい。けれども、自分が悲しんでいる心の中を、そのまま口にすると、ただでさえ悲しんでいる紫の上が、さらに追い詰められるだろうと配慮なさって、悲しみを抑えた歌を詠まれる。

生ける世の別れを知らで契りつつ命を人に限りけるかな

（私は、これまで、「命が終わる時までは、どんなことがあってもあなたを大切にし、一緒に暮らすことを誓います」と約束してきましたが、世の中には死別ではなく、「生き別れ」という悲しい別れもあったのですね。不覚にも、そのことに気づきませんでした。）

光る君は、本心は、悲しみに打ちひしがれているのに、「何とも当てにならない約束をしてしまいました」などと、意図的に、淡泊におっしゃる。

紫の上の返事には、彼女の深い心が込められていた。

惜しからぬ命にかへて目の前の別れをしばしとどめてしがな

（私には「死別」の悲しみよりも、今、目の前で起きている「生き別れ」のほうが、大きく感じられます。あなたは「命がある限り、一緒にいます」と約束してくれました。ですから、あなたに少しでも長生きしてほしくて、私も永く生きていたいと思ってきました。けれども、二人とも命があるのに、都と須磨とに引き裂かれてしまうのでしたら、私は命など惜しくはありません。私の命を削る代わりに、少しでもあなたの須磨への旅立ちを引き延ばせるのであれば、と願うばかりです。）

光る君は、「紫の上は、本当に、この歌の通りに思い詰めておられるのだろう」と思うので、彼女をあとに残して都を離れることが辛《つら》く感じられる。けれども、周りが明るくなってしまうと、「未練がましい旅立ちだった」と、人には思われるであろうと気を取り直し、大急ぎで、お屋敷を後《あと》にされた。

須磨へと向かう道中でも、紫の上の面影が心に浮かび、一瞬たりとも身から離れない。悲しみに心がいっぱいになりながら、淀川で舟にお乗りになった。晩春なので日は永い。舟は速い。追風までが吹いてきたので、何と、その日の午後四時頃には、目的地の須磨にお着きになったのである。

それにしても、都を暗いうちに出たとはいえ、その日の午後四時頃に、播磨の国の須磨に着くのは、早すぎる。けれども、物語の作者が文章を書く際には、こういうスピード感で書くものである。「日が永い」ことに加えて「追風」も吹いたとあるので、その日のうちに着いたと考えてよいだろう。

［宣長説］

「我が身、かくて、はかなき世を別れなば」は、『湖月抄』には明瞭に指摘されていないけれども、「もしも自分が死んだならば」という意味である。

「申《さる》の時」に須磨に着いたのは、『湖月抄』が言うような、都を出たその日のことではない。そもそも、都から難波《なにわ》までが、一日の行程である。翌日、難波から舟に乗って、その日の申の時に、須磨に着いたのである。いくら何でも、リアリティのないことを、紫式部が物語に書くはずがない。須磨が都からどれくらい離れているか、紫式部は誰かから聞いて知っていた可能性がきわめて高い。

［評］　私は、都を出たその日のうちに、須磨に着いた、と考えても悪くはないと思う。

森鷗外『舞姫』に、太田豊太郎が、身重のエリスをベルリンに残して、ロシアへ向かう場面がある。須磨巻の、光源氏と紫の上の別離の場面を読むと、なぜか、『舞姫』のその場面が思い起こされる。

なお、「いとどし」は、形容詞なので、「し」は強意の助詞だとする『湖月抄』の傍注は、文法的に誤りである。ただし、文法に詳しい宣長も、反論していない。

12―4　在原行平の前例……配所での暮らし

光源氏の須磨での暮らしぶりは、次のように語られている。

［『湖月抄』の本文と傍注］

これよりは船よりあがり給ひての事也

おはすべき所は、行平《ゆきひら》の中納言の、藻塩垂《もしほた》れつつ侘《わ》びける家《いへ》居《ゐ》近きわたりなりけり。海面《うみづら》は、やや入りて、哀れに心すごげなる山中《やまなか》なり。

垣のさまよりはじめて、珍らかに見給ふ《源の見ならひ給はぬ体也》。茅屋《かやや》ども《城外はいま始めなるべし》、葦《あし》ふける廊《らう》めく屋《や》など、をかしう、しつらひなしたり。所につけたる御すまひ、やう変はりて、「かかる折《をり》ならずは、をかしうもありなまし」と、昔の御心のすさび《都にての御ものずきなどの事なるべし》、おぼしいづ。近き所々《須磨へ近き所か》の御庄《みさう》の司《つかさ》、召して、さるべきことどもなど、よし《前播磨の》きよ《守が子良清也》の朝臣《あそん》など、親しき家司《けいし》にて、仰《おほ》せおこなふも、あはれなり。時の間《ま》に、いと見どころありて、しなさせ給ふ。水深う遣《や》りなし、植木《末の詞、春秋の花の事あり》どもなどして、「今は」と、しづまり給ふ心地、うつつならず。

国の守《かみ》《津の国の守也》も、親しき殿人《とのびと》なれば、忍びて《朝家をおそるる故也》、心寄せつかうまつる。

かかる旅どころともなく、人さわがしけれども、はかばかしく、ものをも、のたまひあはすべき人しなければ、知らぬ国の心地《ここち》して、いと埋《う》もれいたく、「いかで、年月《としつき》を過ぐさまし」とおぼしやらる。

［湖月訳］

これから光る君がお暮らしになる予定の場所は、あの在原行平《ゆきひら》（八一八～八九三）が、侘び住まいをしていた所の近くなのだった。行平中納言は、文徳《もんとく》天皇（在位八五〇〜八五八）の御代《みよ》に、朝廷からの咎めを受け、この須磨に蟄居したと伝えられる。行平は、彼が詠んだ、「わくらばに問《と》ふ人あらば須磨の浦に藻塩垂《もしほた》れつつ侘《わ》ぶと答へよ」という歌からもわかるように、須磨で寂しい日々を過ごした。光る君もまた、精神的に追い詰められた日々を、これから過ごすことになる。

お住まいになるのは、須磨と言っても海には面しておらず、少し陸地のほうに入っていて、物悲しい雰囲気が濃厚に漂っている山の中である。

光る君が受けた第一印象は、敷地を取り巻いている垣根をはじめとして、たいそう珍しいな、ということだった。光る君は、これまで平安京のある山城の国から外へ出たことはなかった。そのため、この須磨の住居が、ことのほか珍しく感じられたのである。

茅《かや》で作られた家や、葦《あし》で葺《ふ》かれている廊《ろう》のような建物などが、いかにも物珍しく造ってある。この建物は、これまで、誰が住んでいたのかよくわからないけれども、元々あった家を、とりあえずの住まいとなさったのである。いかにも「須磨」という雰囲気の漂う住まいは、これまでの都での華やかな暮らしぶりとは一変して、新鮮ではある。「私は、政治的に追い詰められて、ここに来たわけだが、こういうふうにしぶしぶ来るのではなくて、

『罪なくして配所の月を見ばや』と言ったような、風流心からここに住みたかったな」と、光る君はお思いになる。そう思う心の中では、華やかな都で、風流心にまかせて、あちらこちら楽しく逍遥《しょうよう》なさった記憶が蘇っておられる。

この須磨に近い所には、光る君が領有している荘園がある。荘園の管理をしている役人たちを、須磨までお呼びになり、良清朝臣《よしきよ》が、てきぱきと指示を出し、この住まいを住みやすいように改装させている。それを御覧になるにつけても、都では高い地位の人々に、光る君の意向を伝えていた良清が、今では荘園の管理人のような下々《しもじも》の者と直接に対応している姿に、有為転変《ういてんぺん》をお感じになる。

この荘園の者たちが手入れをしたので、たちどころに、見た目の良い住まいになった。庭には遣水《やりみず》を奥深くまで流れさせ、春や秋の景色を楽しめるように草木を植えさせた。「さあ、とりあえず、今はこれでよい。ここで、過ごそうではないか」と落ちつかれる光る君の心境は、とてもこれが現実とは思えず、夢を見ているような気持ちである。

須磨のある摂津の国の国司を務めている者は、個人的には光る君にお仕えしている関係で、何かと便宜を図ってくれる。ただし、光る君は朱雀帝や右大臣、弘徽殿の大后たちの怒りを買って、ここに退去してきているので、朝廷から任命された国司が表だって光る君を援助することには差し障《さわ》りがある。
旅の住まいではあるものの、何かと出入りする者たちも多く、閑静な暮らしというわけではない。けれども、楽しい会話を交わして、心の鬱屈を取り払える話し相手もおらず、ここが自分の暮らすのにふさわしい場所であるとは、とうてい思えない。どこか、知らない世界に紛れ込んだような、侘びしさに捕らえられるので、「ここで、どうしたら、永く暮らせるだろうか」と、早くも絶望的な気持ちになられる。

［宣長説］

特になし。

［評］　『湖月抄』は、「かかる折《をり》ならずは、をかしうもありなまし」という箇所について、源顕基《あきもと》中納言が、「罪なくして配所の月を見ばや」と言った故事と、同じような心境である、と述べている。源顕基（一〇〇〇～一〇四七）は、『源氏物語』が書かれるよりも後の人物である。だから、光源氏が顕基の言葉を意識することはありえない。けれども、『徒然草』第五段に引用された著名な顕基

の言葉と、内容的に重なることは事実である。
ちなみに、顕基の祖父は、光源氏の准拠とされる源高明《たかあきら》であり、顕基の父親は一条天皇の御代に藤原道長政権を支えた「四納言」の一人、源俊賢《としかた》である。

12―5　光源氏、須磨で住み侘《わ》びる……在原行平と白楽天

三月の下旬に須磨に到着した光源氏は、都に残っている紫の上・藤壺・朧月夜・花散里たちと手紙を交わし、心を慰める。伊勢の国に下っている六条御息所とも、手紙を交わした。そうこうするうちに、季節はめぐり、早くも秋になった。

［『湖月抄』の本文と傍注］

須磨には（これより須磨の事を書く也）、いとど（へ）心尽《づ》くしの秋風に（秋にも成ると也）、海は少し遠けれど、行《ゆき》

平《ひら》の中納言の、「関吹き越ゆる」と言ひけん浦波《うらなみ》、夜々《よるよる》は、げに、いと近く聞こえて、またなくあはれなるものは、かかる所の秋なりけり。

御前《おまへ》に、いと人少《ずく》なにて、うち休み渡れるに、独り《源の御さま也》、目を覚まして、枕をそばだてて、よもの嵐を聞き給ふに、波、ただ、ここもとに立ちくる心地して、涙落つともおぼえぬに、枕浮くばかりになりにけり。琴《きん》を、少し掻き鳴らし給へるが、我ながら、いとすごう聞こゆれば、弾《ひ》きさし給ひて、

恋ひ《源歌》わびてなく音《ね》にまがふ浦波《うらなみ》は思ふかたより風や吹く

らん
と歌ひ給へる《御詠を則詠吟し給ふ也》に、人々、驚きて、めでたうおぼゆるに、忍ばれで、あいなう《あぢきなきなるべし》起きゐつつ、鼻を忍びやかにかみわたす《打ち休みたる人々のおき出でて落涙する也》。

［湖月訳］

さて、再び、光る君のことに話題を戻そう。

秋になった。「木《こ》の間《ま》より洩《も》り来《く》る月の影見れば心尽《づ》くしの秋は来《き》にけり」（『古今和歌集』読み人知らず）という歌があるように、秋は、人間の心をあくがらせ、悲しい思いの極限を嘗《な》めさせる季節である。須磨の浦にも、光る君の心を悲しくさせる秋風が吹いている。お住まいの所は、海から少し離れた山の中にあるが、風に乗って、海岸に打ち寄せる波の音が、絶えず聞こえてくる。

在原行平中納言が、「旅人の袂《たもと》涼しくなりにけり関吹き越ゆる須磨の浦風」と詠まれた、その浦風である。壬生忠見《みぶのただみ》に、「秋風の関吹き越ゆるたびごとに声打ち添ふる須磨の浦波」という、よく似た歌もある。

なお、行平の歌は、第五句を「志賀の浦風」としたり、歌の作者を行平ではなく、大中臣能宣《おおなかとみのよしのぶ》としたりする説もあるが、この場面の解釈に、これ以上の詮索は不要である。

夜になると、毎晩毎晩光る君の侘び住まいにも、浦波の音が聞こえてくる。それが、すぐ近くまで、波が打ち寄せてきているように聞こえるのである。これ以上はないほどに、もの悲しいのは、こういう所の秋なのでありました。

夜のこととて、光る君の近くには、ほとんど誰も伺候《しこう》していない。皆は、ぐっすりと寝静まっている。光る君は、ただ独り、目が冴えて眠れずに、起きておられた。何か、大きな音が、枕のすぐそこで、鳴り響いている。頭を乗せていた枕を横にして、あちらこちら聞こえてくる嵐のような音の正体を突き止めようとすると、何と、須磨の浦風が、この枕元まで聞こえているのだった。白楽天(白居易)の詩句が、思い起こされた。

遺愛寺の鐘は枕を攲《そばだ》てて聴《き》き、香炉峰の雪は簾を撥《かか》げて看《み》る

白楽天もまた、謫居《たっきょ》の侘び住まいをして、この詩を詠んだのだった。「今の我が身と同じだ」と重ね合わせた光る君は、いつの間《ま》にか、ゆえしらず、涙をこぼしておられた。そ

の涙が、先ほど横にしたばかりの枕を押し流すほど、大量にたまっている。

光る君は、何首かの和歌も、思い浮かべられた。「独《ひと》り寝《ね》の床《とこ》にたまれる涙には石の枕も浮きぬべらなり」（『古今和歌六帖』）、「涙川水増《ま》さればやしきたへの枕の浮きてとまらざるらん」（『拾遺和歌集』）。

漢詩と和歌によって、心の琴線をいたく刺激された光る君は、都から持ってきた琴《きん》の琴《こと》（七絃琴）を手に取って、少しばかり搔き鳴らされる。その琴の奏でる音が、自分の耳にも、ぞっとするほど殺伐と聞こえるので、すぐに手を止《と》めてしまわれた。そして、和歌を口ずさまれる。

恋ひわびてなく音《ね》にまがふ浦波《うらなみ》は思ふかたより風や吹くらん

（私が懐かしい都のことを恋い慕う気持ちを我慢できずに泣く声と、須磨の浦から聞こえてくる浦波の音は、よく似ている。わたしが都のことを懐かしく思うのと同じように、都の人たちも、私のことを懐かしく偲んで、私と同じような気持ちで、同じような泣き声を立てているのだろう。だから、都の方から聞こえてくる風は、私の泣き声と似ているのだ。）

と、このように光る君は、朗誦される。その声で、眠っていた従者たちも、目を覚ます。

光る君のお声の素晴らしさと、その歌に込められた悲しみの深さに、彼らも自分たちが都にいた頃のことを思うと、今の日々が、どうにもあじけなく感じられる。そして、我慢できなくなって、鼻をすすり上げたりして、泣いてしまうのだった。

［宣長説］

特になし。

「あいなう（あいなし）」については、桐壺巻で、『湖月抄』の「あじきなし」説に対する反論を述べている。一度述べたから、ここでは繰り返さなかったのだろう。宣長の理解では、「あいなし」は、深く考えた結果ではなく、唐突にある行動をしてしまうことを意味する。この場面に適用すると、従者たちは、思わず（わけもなく）、泣きたいという感情に突き動かされて、涙をこぼした、ということになる。

また、光源氏の歌について、宣長は意見を述べていない。どこかしっくりこないと思いつつも、これと言った新解釈が思い付かなかったのだろう。宣長の弟子の鈴木朖は、「恋ひわびてなくねにまがふ浦波《うらなみ》は思ふかたより風や吹くらん」の「恋ひわびてなくね」は「琴の音」を指し、「思ふかたより吹く風」は松風を指すのではないか、という解釈を提示している。行平の、「立ち別れいなばの山の峰に生《お》ふるまつとし聞かば今帰り来《こ》ん」という歌の「松」とも響き合うと、鈴木朖は言う。いささか、無理な解釈だと思う。

［評］　現代では、「浦波、よるよるは」の部分を、「夜《よる》」と「寄る」の掛詞とする解釈が主流である。ただし、この解釈は、『湖月抄』には見えない。宣長も、指摘していない。

『湖月抄』は、藤原定家が、この場面を本歌取りして詠んだ和歌を、指摘している。

袖に吹けさぞな旅寝の夢も見じ思ふ方より通《かよ》ふ浦風（『新古今和歌集』）

ちなみに、壬生忠見の、「秋風の関吹き越ゆるたびごとに声打ち添ふる須磨の浦波」という歌も、『新古今和歌集』に入集しており、この事実は、宣長所持の『湖月抄』に書き込まれている。

12―6　須磨の秋……八月十五夜に

光る君が「流竄《るざん》」の思いに苦しみ、「恋ひわびて」の歌を詠んだのは、何と、八月十五夜なのだった。「仲秋の名月」が、須磨の空に上ってくる。

紫式部は、石山寺に参籠していて、琵琶湖に映る仲秋の名月を見て、この須磨の場面が思い浮かび、『源氏物語』の執筆に着手した、という伝承もある。『源氏物語』屈指の名場面である。

［『湖月抄』の本文と傍注］

月の、いと華《はな》やかに差し出でたるに、「今宵は（源心也）、十五夜なりけり」とおぼし出でて、殿上《てんじやう》の御遊び恋しく（都の事ども思ひ出で給ふ也）、「所々《ところどころ》、眺め給ふらんかし」（思ひ人達の御事どもも思ひやり給ふ也）と、思ひやり給ふにつけても、月の顔のみ、まもられ給ふ。「二千里外《じせんりのほかの》故人心《こじんのこころ》」と誦《ず》ンじ給へる、例の《御供の人々のさま也》、涙もとどめられず。入道の宮《藤壺也》の、「霧や隔つる」とのたまはせし程、言はんかたなく恋しく、折々《をりをり》のこと、思ひ出で給ふに、よよと泣かれ給ふ。「夜《よ》、更《ふ》け侍《はべ》りぬ」と聞こゆれど、なほ、入り給はず。

見《源歌》る程ぞしばし慰むめぐりあはん月の都ははるかなれども

その夜《よ》、上《うへ》《に》《朱雀院の御事也》の、いとなつかしう、昔物語などし給ひし御さまの、院に似奉り給へりしも、恋しく思ひ出で聞こえ給ひて、

「恩賜《おんし》の御衣《ぎょい》は、今、此《ここ》に在《あ》り」と、誦《ず》ンじつつ入り給ひぬ。御衣は、まことに、身放たず、かたはらに置き給へり。

源歌
憂《う》しとのみひとへにものはおもほへでひだりみぎにも濡るる袖かな

［湖月訳］

空に顔を出した月が、とても華やかに光り輝いている。それを御覧になっていた光る君は、「そうか、すっかり忘れていたけれども、今日は、八月十五夜だったのだなあ。まだ都にいるのであれば、必ず宮中では、名月を愛《め》でながら詩歌管絃の遊びが催されるであろうから、十五夜を忘れることはありえない。須磨で寂しく暮らしているからこそ、忘れていたのだ」と、感慨に耽っておられる。

十五夜であることに気づいてみると、かつて華やかな宮廷で繰り広げられていた詩歌管絃の宴に、自分も参加して、花形であった日々が、恋しく思われる。「宮廷人だけでなく、都に残っている恋人たちも、どういう思いで、この名月を眺めておられるのだろうか。私のことを、思い出してくれているだろうか」と考えていると、光る君は澄みきった名月から、目をそらすことができない。

光る君は、白楽天の漢詩を思い出し、朗誦なさる。

三五夜中《ちゆう》新月の色　二千里《じせんり》の外《ほか》の故人《こじん》の心

白楽天は、この詩を宮中で詠んだとされるが、光る君は、須磨の地から、はるかな宮中を偲んでいらっしゃる。光る君の悲しみの方が、白楽天よりも格段に深く、哀れも増さっている。光る君の朗誦を聞いている従者たちは、例によって、涙を禁じ得ない。

光る君は、藤壺が出家なさる直前に、「九重《ここのへ》に霧や隔つる雲の上の月をはるかに思ひやるかな」とお詠みになったことを、言いようもないほどに恋しく思い出される。また、さまざまな思いが脳裏をよぎる。自分が、心の優しい朱雀帝と対面することを隔てている「霧」は、悪政を行っている右大臣や弘徽殿の大后たちのシンボルである。その悪政によって、光る君は須磨をさすらっておられる。君は、声を立てて、激しくお泣きになった。

従者たちは、「あまり長時間、月を御覧になっていると、悲しい思い出が蘇ってきて、心が苦しくなりますから、もうお休みになったらいかがでしょうか」と、慰めの言葉をかける。けれど、光る君は、部屋に戻らず、月を見上げ続けていらっしゃる。

見る程《ほど》ぞしばし慰むめぐりあはん月の都ははるかなれども

（いや、私は月を見ていると、見ている間《あいだ》だけでも、心が慰められるのだよ。あの月の世界には、物思いのない都があるらしいけれども、私にとって都と言えるのは京の都だけ。遠く離れた都に戻れるのは、いつになるのやら。）

月を見ていると、さまざまなことを光る君は思い出される。朱雀帝は光る君と、親しく、昔の思い出を語り合われたことがあった。その時の朱雀帝のお顔は、亡き桐壺院とそっくりだった。さまざまなことが、懐かしく思い出されるのだった。朱雀帝と光る君を隔てている右大臣と大后たちの存在が、忌《い》まわしい。

光る君は、兄の朱雀帝への思いを、菅原道真公が、左遷された大宰府の地で詠んだ漢詩に託して、朗誦される。

去年の今夜清涼に侍《じ》す　秋思の詩篇《しへん》独り腸《はらわた》を断つ
恩賜の御衣《ぎょい》は今此《ここ》に在り　捧持《ほうち》して毎日余香《よかう》を拝す

この漢詩を口ずさみながら、部屋に入ってゆかれる。光る君もまた、朱雀帝から御衣を賜ったことがある。その御衣を、光る君は須磨まで大切に持って来ておられ、この漢詩の言葉通りに、毎日拝んでいるのだった。光る君は、「衣」の歌を詠まれた。

憂《う》しとのみひとへにものはおもほへでひだりみぎにも濡るる袖かな

（今の私は、須磨で過ごしながら、「つらい」とばかり思い続けているわけではない。朱雀帝から賜った御衣を手にすると、懐かしく恋しい気持ちになる。私の左右の袖は、つらさゆえの涙と、恋しさゆえの涙と、二種類の涙で濡れそぼっている。）

［宣長説］「憂しとのみ」の歌について、『湖月抄』には、もう一つの解釈が書かれている。「朱雀帝を恨む気持ちはないと思っているが、時として、恨めしく思う時もある」というのだが、これは誤りである。つらさと恋しさが入り交じっているという解釈のほうが、よろしい。

［評］『湖月抄』の著者である北村季吟は、松永貞徳に師事した俳諧師でもあった。貞徳の弟子を「貞門《ていもん》」という。「貞門七俳仙」の一人に、安原貞室がい

て、「松にすめ月も三五夜中納言」という秀句を残している。「三五夜中新月の色」と「中納言行平」を重ね合わせた句である。松尾芭蕉は、『鹿島詣《かしまもうで》』で、「松陰や月も三五夜中納言」と改変して引用している。

なお、光源氏が朱雀帝から御衣を授かる場面は、これまでの部分には書かれていなかった。『源氏物語』では、こういう書き方が、しばしばなされている。

12—7　須磨での冬の日々……王昭君と道真

冬になった。光源氏の孤独は、凄愴《せいそう》の度を深める。

［『湖月抄』の本文と傍注］

冬になりて、雪降《ふ》り荒れたる頃、空の気色も、ことにすごく眺め給ひて、琴《きん》を弾《ひ》きすさび給ひて、良清《よしきよ》《良清唱歌也》に歌うたはせ、大輔《たいふ》《民部の大輔也》、横笛吹きて《惟光也》、遊び給ふ。心とどめて、あはれなる手など、弾き給へるに、ことものの声ども《源の琴の音に感じたる也》は止《や》めて、涙を、のごひあへり。

昔、胡の国《このくに、とよむべし》につかはしけん女をおぼしやりて、「まして、いかなりけん。この世に我が思ひ聞こゆる人などを、さやうに、放《はな》ちやりたらんこと」など思ふも、あらんことのやうに《ただ今もあるべき事のやうに》ゆゆしくて《いまいましくおぼすと也》、「霜《しも》の後《のち》の夢」と、誦《ず》ンじ給ふ。月、いと明《あ》かうさし入りて、はかなき旅のおまし所《どころ》は、奥まで《奥ふかからぬ体也》、くまなし。

ゆかの上に、夜ふかき空も見ゆ。入《い》り方《がた》の月、すごく見ゆるに、「ただこれ西に行《ゆ》くなり」と、ひとりごち給ひて、

源歌　いづかたの雲路《くもぢ》にわれも迷ひなん月の見るらんことも恥づかし

と、ひとりごち給ひて、例の、まどろまれぬ暁《あかつき》の空に、千鳥、いとあはれに鳴く。

源歌　友千鳥もろごゑに鳴く暁はひとり寝覚《ねざめ》の床《とこ》もたのもし

［湖月訳］

須磨にも、冬が来た。雪がひどく降り乱れている頃、空の雰囲気も、ひどく殺伐《さつばつ》とした

ものに感じられるので、気を取り直そうと、光る君は「琴《きん》の琴《こと》」（七絃琴）を、気ままに爪《つま》弾《び》かれる。付き従っている良清《よしきよ》に歌を歌わせ、惟光《これみつ》には横笛を吹かせて、お遊びになる。光る君は、熱心に、秘技と秘術を尽くしてお弾きになる。皆は感動のあまり、自分たちの手にしている楽器を演奏するのも止《や》め、ただただ感に堪《た》えて聞き入り、感動の涙を流しては拭《ぬぐ》っている。

君は、「琵琶《びわ》の琴《こと》」（四絃）を「胡琴《こきん》」と言うことから、ふと「胡《こ》」の国を連想された。かつて、漢の都から胡国へと遣《つか》わされた王昭君の故事である。「漢の皇帝が王昭君のような美女を、遠い国に遣わされたときの心境は苦しいものだったろうが、王昭君本人の心も、いかばかりの悲しみであったことか。私自身も、愛する紫の上と遠く離れて暮らしているので、恋しい人と離れる悲しみが、よく理解できる」とお思いになる。すると、愛する人を遠くへ放ちやる悲劇が、今にも我が身に降りかかりそうで、忌々《いまいま》しくお感じになるのだった。

大江朝綱《あさつな》が王昭君を詠んだ漢詩句を、光る君は朗誦される。

胡角一声《こかくいつせい》霜の後《のち》の夢　漢宮万里《かんきゆうばんり》月前の腸《はらわた》

この「胡角」も、胡の国の楽器である。

冬の月が、まことに明るく差してきた。質素な造りである須磨の寓居《ぐうきょ》は、軒先が長くはない。そのため、月の光が部屋の奥まで、くまなく照らし出している。また、床の上から、夜の空までが見える。『和漢朗詠集』の「故宮」に載る漢詩に、「終宵《しゅうせう》床の底に青天を見る」とあることが思い合わされる。

東から昇ってきた月が、いつの間《ま》にか、西のほうに沈もうとしている。山の端《は》に沈む直前の月の光は、まことに凄絶《せいぜつ》である。光る君は、菅原道真公の漢詩を、独り言のように口にされる。

天玄鑑《げんかん》を廻《めぐ》らして雲将《まさ》に霽《は》れんとす　唯是《ただこ》れ西へ行《ゆ》くなり左遷《させん》にあらず

「天は左旋し、日月は右行す」とも言われる。天子は南面されるが、北から南向きに立つと、左は東、右は西である。太陽や月は「右行」し、東から西へと迷うことなく向かってゆく。光る君は、「月は、自然の摂理に従って西へ向かって行くのに対して、自分は、左遷されて西へと旅してきた」という悲しみを抱いておられる。そして、その思いを、和歌にも詠まれる。

いづかたの雲路にわれも迷ひなん月の見るらんことも恥づかし

（私は迷いつつ都から西の須磨へと左遷されてやって来た。雲の上の道を、迷いなく西へ進んで行く月が、私のことをどう思っているかと思うと、恥ずかしくてたまらない。）

なお、この歌は、「いづかたの雲路にわれも迷ひなん」ではなく、「いづかたの雲路にわれは迷ひなん」とあるのが、自然な詠みぶりである。光る君があえて「われも」と詠まれたのは、「われは」よりも「われも」のほうが、和歌の表現として優美であるからだろう。あるいは、沈もうとする月のはかなさを、自分自身のはかない境遇と重ねて、「われも」と詠まれたのかもしれない。

このように、和歌を独り言のように口ずさまれたあと、いつものように、眠れない夜を過ごし、暁を迎えられる。その暁の空には、千鳥が群をなして、鳴き交《か》わしている。

友《とも》千《ち》鳥《どり》もろごゑに鳴く暁はひとり寝覚《ねざめ》の床《とこ》もたのもし

（「友千鳥」という言葉があるように、千鳥は群《むれ》をなし、仲間たちと声を合わせて鳴いている。今の私は、独りで寂しく住み侘びているが、いつか、恋しい都の人たちと一緒になれる日が来るかもしれないと思うと、少しは未来を頼みたいという気持ちになる。千鳥には仲間が大勢いるように、私にも仲間が都にいると信じられるからである。）

［宣長説］

宣長は、光源氏の二首の歌の解釈に、異を唱えている。

まず、「いづかたの雲路にわれも迷ひなん」の歌については、「われも」の「も」にこだわるから解釈を誤るのだ、と批判する。この「も」は「は」と同じ意味だと考えてよい。「月は迷わず、自分は迷う」と考えるから「われも」の「も」の解釈に困って、「も」のほうが和歌的で優美であるなどと、余計なことを考えてしまうのだ。

次に、「友千鳥」の歌の「たのもし」は、友千鳥が自分の「友」だと思えるから、自分が孤独ではないことがわかり、頼もしいのである、と述べている。「友」は都にいるのではなく、須磨の「千鳥」なのだ、というのが、宣長の解釈である。

［評］「友千鳥」の歌の解釈は、宣長説に分《ぶ》がある。

ただし、「われも」のほうは、宣長説もまた、説得力に欠ける。やはり、「は」と「も」は、表現価値が違うと思うからである。そこで、現代では、「光源氏も、菅原道真と同じように西へ行く」と解釈されている。ただし、それでも、なお、しっくりこない。

この「われも」の歌の解釈は、いまだに決着が付いていない。

12―8　頭中将、光源氏を須磨に訪ねる……真の友情の発露

光源氏が須磨に移ってきた年が暮れ、新春になった。光源氏は、桜の花を見ながら都をなつかしむ。一方、都に留まっている頭中将は、親友である光源氏の不在を嘆き、須磨を訪れ、対面を果たしたのだった。

［『湖月抄』の本文と傍注］

須磨には、年返《かへ》りて（源二十六才也）、日永《なが》く、つれづれなるに、植ゑし若木《わかぎ》の桜、ほのかに咲きそめて、空の気色《けしき》、うららかなるに、よ

ろづのこと、おぼし出《い》でられて、うち泣き給ふ折々《をりをり》多かり。
二月二十日《きさらぎはつか》あまり、去《い》にし年、京《きやう》を別れし時、心ぐるしかりし人々の御ありさまなど、いと恋しく、「南殿《なんでん》の桜は、盛りになりぬらん。一年《ひととせ》の花の宴《えん》に、院の御気色《みけしき》、内《うち》の上《うへ》（そのとき朱雀院、春宮にてましましし時也）の、いと清らになまめいて、我《わ》が作れる句《く》を、誦《ず》ンじ給ひし」も、思ひ出《い》で聞こえ給ふ。

源歌

いつとなく大宮人《おほみやびと》の恋しきに桜かざしし今日《けふ》も来《き》にけり

いと、つれづれなるに、大殿の三位中将（葵上の兄、後に致仕太政大臣）は、今は宰相になりて、人柄のいと良ければ、時世《ときよ》（二条太政大臣の聟なれば也）のおぼえ重くて、ものし給へど、世の中、いとあはれに、あぢきなく、ものの折《をり》ごとに恋しく覚え給へば、「ことの聞こえありて、罪に当たるとも、いかがはせん」とおぼしなりて、にはかに、参《ま》うで給ふ。うち見るより《中将の源を見奉る心也》、めづらしく、うれしきにも、一つ涙ぞこぼれける。住まひ給へるさま《須磨の体也》、言はんかたなく、からめきたり《唐めく也》。所のさま、絵に描《か》きたらんやうなるに、竹編《あ》める垣、し渡して、石の階《はし》《きざはし也》、松の柱、おろそかなるものから《麁相ながら面白き体也》、めづらかに、をかし。

［湖月訳］

光る君は、二十六歳の新年を、須磨の土地で寂しく迎えられた。春になり、日も延《の》びたけれども、何もすることがないので、所在なく過ごしておられる。昨年、須磨に移ってきた当初、手入れをして庭造りをした際に植えた若木《わかぎ》の桜が、ちらほら咲き始めている。空の雰囲気も、春らしく麗《うら》らかである。光る君は、青空の下の桜の花を見ているうちに、さまざまのことが思い出され、その懐かしさに、思わず涙をこぼしてしまうことが多い。

二月二十日過ぎになった。去年、都を立って須磨に向かったのが、三月の下旬だったこと、紫の上をはじめ、後に残る女君たちのことを思うと、後《うし》ろ髪《がみ》が引かれるようで、切なかったことなどが、恋しく思い出される。

また、もう七年も前のことになるだろうか、宮中で催された花《はな》の宴《えん》で、春鶯囀《しゅんのうでん》を舞った記憶も蘇る。「今頃、南殿《なんでん》（紫宸殿《ししんでん》）の『左近の桜』は、満開なのではないだろうか。あの時も、二月の二十日過ぎだったので、ちょうど今頃だった。今は亡き父君、桐壺院が、まだ天皇にご在位中で、とてもご機嫌が麗しかった。現在は帝位にお就《つ》きになっている朱雀帝は、まだ東宮でいらっしゃったが、たいそう清らかで、優美でいらっしゃり、私が作った漢詩を絶賛して、みずから朗誦なさったものだ。その漢詩は、引き当てた『春』という文字を韻字《いんじ》にして作ったのだった」などと、懐かしく思い出される。

いつとなく大宮人《おほみやびと》の恋しきに桜かざしし今日《けふ》も来《き》にけり
（この寂しい須磨に住んでいると、去年まで過ごした都の春、それも、宮中の春の行事が懐かしくてたまらない。「ももしきの大宮人はいとまあれや桜かざして今日も暮らしつ」（『和漢朗詠集』山部赤人）という歌があるが、今も、宮中では、花を愛《め》でる宴《うたげ》が催されていることだろう。この私も、その宮中の華やかな宴に参加したこともあったが、今は、須磨で、寂しく桜の花の季節を過ごしている。）

光る君は、須磨の日々の無聊《ぶりょう》に、たいそう苦しんでいらっしゃる。都でも、また、一人の貴公子が無聊に苦しんでいた。左大臣の長男である頭中将は、三位中将を経《へ》て、現在は、宰相（参議）に昇進しておられる。ただし、最初の「頭中将」という呼び方が、最もふさわしいので、ここでも頭中将と呼ばせてもらう。

頭中将は、人柄も良いし、何と言っても、朱雀帝の外戚で、権勢をほしいままにしている右大臣（現在は太政大臣）の娘婿（四の君の夫）であるので、中央政界でも重きをなしていらっしゃる。けれども、頭中将は、光る君とはライバル関係でありながら、固い友情で結ばれた、まことの「朋友《ほうゆう》」だった。

親友の光る君がいらっしゃらないので、頭中将は悲しくてならず、都での日々が、まことに面白くなく感じられる。事あるたびに光る君のことを思い出してしまうので、「もし、私が須磨まで出かけていって光る君と対面したことが、世間の話題となって、罪人である光る君と心を交わしたとして、私が罪を得たとしても、あえてその責めを受けようではないか」と決心なさる。そして、急遽、思い立って、須磨へと向かわれた。まことに麗しい、朋友の信義の発露であった。

頭中将は、光る君の顔を見た瞬間から、久しぶりの再会がうれしくて、また、これまで別れて暮らしていたことがつらくて、胸に込み上げてくる感情を堪《こら》えきれない。「嬉しきも憂《う》きも心は一つにて分《わ》かれぬものは涙なりけり」（『後撰和歌集』読み人知らず）という歌があるけれども、頭中将は、まさに、うれし涙と悲しい涙が一つに溶け合った複雑な涙をこぼされるのだった。

頭中将の目に映った光る君の住まいは、「唐風＝中国風」の異国情緒である、という一言に尽きる。何よりも立地条件が、唐絵《からえ》に描かれているような景色であるし、竹を編んで作った垣根が、ぐるりと張り巡らしてある。階段は、石で造られているし、松の木の柱など、無造作に造ってあるけれども、都人の目には新鮮で、風情が感じられる。

実のところ、光る君は、白楽天が香炉峰の麓に、草堂を造って隠棲したという、その住まいを、須磨の地で再現なさっていたのである。白楽天の漢詩に、「五架三間《ごかさんげん》の新草堂、石階松柱竹牆を編む」とあるのを踏まえておられる（「松柱」の箇所を「桂柱」とするものが多い）。頭中将が「唐風」と感じたのも、当然だった。

［宣長説］

「漢意《からごころ》」に敵意を燃やす国学者・本居宣長は、『湖月抄』が「からめきたり」を「唐めく」と解釈している点に、反発している。これは、「普通の様子とは違っている」という意味であって、中国風という意味ではない、と強弁している。

けれども、ここは、『白氏文集』の白楽天の詩句に基づき、白楽天が香炉峰の麓に営んだ草堂の姿を再現しているのだから、「中国風」であることは動かない。

［評］

「植ゑし若木《わかぎ》の桜、ほのかに咲きそめて、空の気色《けしき》、うららかなるに、よろづのこと、おぼし出《い》でられて」という箇所は、松尾芭蕉の、「さまざまのこと思ひ出す桜かな」という句を、連想させる。桜の花には、過去の幸福な記憶を喚起する力があるのだろう。
鎌倉時代の物語評論書である『無名草子《むみょうぞうし》』は、須磨巻で頭中将が光源氏に対して示した「友情」を高く評価している。『無名草子』は頭中将の人間性に共感しているのだが、それを一歩進めれば「教訓読み」になる。『湖月抄』の「教訓読み」「道徳読み」の源泉の一つが、この『無名草子』なのである。

12—9 大暴風雨と雷……死の恐怖と戦う

三月の上巳《じょうし》の日、光源氏が海辺でお祓《はら》いをしていると、突然の大暴風雨と雷に襲われた。不吉な夢を見たこともあり、光源氏は、須磨を離れようかと、考え始める。

［『湖月抄』の本文と傍注］

肱笠雨《ひぢがさあめ》とか降《ふ》りきて、いとあわただしければ、みな帰り給はんとするに、笠も取りあへず。さる心もなきに《風雨の思ひかけもなかりしにと也》、よろづ吹きちらし、又《また》なき風なり。波、いといかめしう立ち来《き》て、人々の足を空《そら》なり。海のおもては、ふすまを張りたらんやうに光り満ちて、雷《かみ》鳴りひらめく。落ちかかる心地して、からうじて辿り来《き》て《やどりへたどり来て也》、「かかる目は、見ずもあるかな。風などは吹けど、気色《けしき》づきてこそあれ。あさましう、めづらかなり」と惑《まど》ふに、なほ、止《や》まず鳴りみちて、雨の脚《あし》、当たる所とほりぬべく、はらめき落つ。「かくて、世は尽きぬるにや」と、心細く思ひ惑《まど》ふに、君は《源の体也》、のどやかに《勝れたる性也》、経《きやう》うち誦《ず》ンじておはす。暮れぬれば、雷《かみ》、すこし鳴り止《や》みて、風ぞ、夜《よる》も吹く。多く立てつる願の力なるべし《風ゆゑ願をたてたるなるべし》。「今しばし、かくだにあらば、波に引かれて入りぬべかりけり。高潮《たかしほ》といふものになん、とりあへず、人損《そこ》なはるるとは聞けど、いとかかることは、まだ知らず」と言ひあへり。

暁方《あかつきがた》、みな、うち休みたり。君も、いささか寝入り給へれば、「そのさま《源の夢見給ふ也》とも見えぬ人《形のたしかならぬ也》来《き》て、『など、宮《龍宮也》より召しあるには、参り給はぬ』とて、辿《たど》りありく」と見るに、おどろきて《源の心也》、

「さは《さては也》、海の中の龍王《りゆうわう》の、いといたうもの愛《め》でするものにて《源の容貌に見いれたるにやと也》、見入れたるなりけり」とおぼすに、いと、ものむつかしう、この住まひ、堪《た》へがたくおぼしなりぬ。

［湖月訳］

上巳《じょうし》の日に、海辺で祓《はら》えをしていると、「肱笠雨《ひじがさあめ》」が降ってきた。急に降ってきた雨は、笠をかぶる時間の余裕がないので、肱《ひじ》を頭の上にかざして、袖で頭を覆《おお》い、雨に濡れないようにするしかない。それで、「肱笠雨」と言うのである。

その肱笠雨が、沛然《はいぜん》と降ってきたので、光る君も、従者たちも、大慌てで引き返そうとされるが、本当に、笠を手に取る余裕もおありにならない。それまでは、まったく予兆などなかったのに、風までが激しくなり、そこら中《じゅう》のものを吹き飛ばす。これまでに体験したことのない大風である。沖からは、ひどく大きな波が、うねりとなって、次々と押し寄せてくるので、人々は、足が地面に付かないほどにうろたえて、逃げ惑っている。海の表面が、絹の襖《ふすま》を張ったかのように光り輝いているのは、雷が鳴り響き、雷光が閃《ひらめ》くので、波までが白く見えるのである。雷が、今にも頭上に落ちてきそうな危険を感じながら、従者たちは、やっとのことで須磨の寓居に辿り着いた。

彼らは、口々に、「こんなひどい雨と風、そして雷鳴には、これまで遭《あ》ったことはないな」、「そもそも、強い風というものは、前もって、風の吹く前兆が少しくらいはあるものだ。それなのに、今日の風は、何の前触れもなしに、とんでもなく強く吹いてきた。腰を抜かすほどに珍しいことだ」などと、激しく動揺している。

そう話し合っている間にも、雷は絶えることなく鳴り轟いている。雨脚《あまあし》は、はなはだ強く地面の物に打ち当たるので、ばらばらと降り落ちてくる雨粒にぶつかった物には、穴が空《あ》くのではないかと、思うくらいだった。従者たちは、「これが、世界の終わりというものなのだろうか」と、この世界ごと、自分の命も失われてしまいそうな不安に駆られている。ところが、光る君はと言えば、自分を見失うことなく、静かにお経を唱えていらっしゃる。何事にも動じないのが、光る君の素晴らしさである。

あたりがとっぷり暮れた頃に、雷は、やや鳴り止《や》んだ。ただし、風は、依然として激しく吹いている。雷鳴だけでも落ちついてきたのは、「天候が回復しましたならば、これこれのお礼をいたします」などと、人々が神仏にお願いをしたからでしょう。

それでも、従者たちの心配は収まらない。「昼間と同じような荒天が、もう少し続くならば、打ち寄せてくる大波に巻き込まれて、海に連れ去られてしまうおそれがある。『高《たか》潮《しお》』という恐ろしい災害があって、防ぎようもなく、人が命を失う、という話を聞いたことがある。それでも、今回のような大災害の話は聞いたこともない」などと、口々に言い合っている。

暁近くになって、さすがに、従者たちは疲れが出て、仮眠を取っている。光る君も、少しばかりお休みになった。すると、不思議な夢を御覧になる。その夢というのは、人間の顔をしているのではない、得体《えたい》の知れない者がやって来て、「そなたは龍宮から来るようにと言われているのに、どうしてお見えにならないのか」と言いながら、光る君のありかを捜して、どこかへ連れてゆこうとしている、という内容だった。びっくりした光る君は、眠りから覚め、「さては、海の底に住んでいる龍王が、私の美貌をはなはだ愛《め》でて、私を気に入って連れ去ろうとしているのだろうか」と、お思いになる。

この夢は、『日本書紀』に登場するヒコホホデミの尊《みこと》(『古事記』では山幸彦《やまさちひこ》)が、龍神の娘である豊玉姫《とよたまひめ》（トヨタマビメ）と結婚する話と重なる。「龍神＝明石の入道」、「ヒコホホデミの尊＝光源氏」、「豊玉姫＝明石の君」という人間関係の対応である。

また、龍神が英雄を愛《め》でる話は、ヤマトタケルの尊《みこと》が海を渡っている時に、龍神が愛で て尊を取ろうとしたが、妻のオトタチバナヒメが代わりに身を投げて、尊を守ったという話とも関連している。

光る君は、自分が海の底の世界へと引き込まれようとしていると直感し、生理的な不気味さをお感じになる。「この須磨には、一年近く住んできたけれども、そろそろ住みにくくなってきたな」と、お思いになる。

これは、次の巻で、明石へと移られる伏線である。

［宣長説］

雷の光が「襖《ふすま》」に喩えられている点に関して、『湖月抄』は、波が白く見えるようすだという説や、藤原定家の『明月記』に、「雨脚、地に融《とほ》り、電光、衾《ふすま》を張る」とある事実を紹介している。宣長は、「波が白い」説を一蹴し、電光が海面の広い範囲を、大きく光らせているようすを、襖に喩えたのだ、と言っている。

『湖月抄』が、光源氏をヒコホホデミの尊《みこと》（山幸彦）と重ね合わせている点について、宣長は何も言及していない。ちなみに、中世の『源氏物語』研究は、歴史書である『日本書紀』を基にしている。それに対して、宣長は神話である『古事記』研究の第一人者である。

［評］　須磨・明石の巻は、主人公である光源氏のイニシエーション（死と再生）を描いている。須磨巻の巻末は、龍神から光源氏が命を脅かされる恐怖心が最高に高まったところで終わっている。光源氏は、龍神と戦い、龍神を退治するのだろうか。

ちなみに、『湖月抄』は、『日本書紀』の記述を、ここに重ねている。『紫式部日記』には、一条天皇から『日本紀《にほんぎ》』（『日本書紀』）の知識があると言われた紫式部が、「日本紀の御局《みつぼね》」と渾名《あだな》された、と記している。一条天皇が『源氏物語』を読んで『日本書紀』の影響を感じたのは、あるいは、この場面だったのかもしれない。

13　明石《あかし》巻を読む

明石は、播磨《はりま》の国にある。光源氏は、摂津の国の須磨から、播磨の国の明石へと、居《きょ》を移した。明石の入道に歓待《かんたい》され、その娘である明石の君と結ばれた。彼女の懐妊が明らかになった時に、光源氏は都に帰ることになった。足かけ三年の旅が、ここに終わる。

13―1　巻名の由来と年立

『湖月抄』は、「明石」という巻名は、和歌の言葉にも、散文の言葉にも見られる、と言っている。光源氏が二十六歳の三月から、二十七歳の秋まで。

本居宣長の年立では、二十七歳の三月から、二十八歳の秋まで。

『湖月抄』も宣長も、須磨の巻末から連続していて、翌年に帰京するまでという点では一致している。

なお、この巻には、「浦伝《うらづた》ひ」という別名があるとされるが、『湖月抄』はその点に触れていない。

13―2 雷電が光源氏を直撃する……天の怒りを浴びる

大雷雨は、一向に止《や》まない。光源氏と従者たちは神仏に願《がん》を掛けて、無事を祈るが、天の怒りは激しさを増すばかりだった。この場面は、未熟な光源氏の「精神的な死」を意味しているのだろう。

［『湖月抄』の本文と傍注］

「かくしつつ、世は尽きぬべきにや」とおぼさるるに、その又《また》の日の暁《あかつき》より、風いみじう吹き、潮《しほ》高う満ちて、浪の音《おと》荒きこと、巌《いはほ》も山も、残るまじき気色《けしき》なり。雷《かみ》の鳴りひらめくさま、さらに、言はんかたなくて、「落ちかかりぬ」とおぼゆるに、ある限り《おぢおそれたる也》、さかしき人なし。（中略）御社《みやしろ》のかた《住吉明神のかた也》に向きて、さまざまの願《ぐわん》を立て、また、海の中の龍王《りゆうわう》、よろづの神たちに願立てさせ給ふに、いよいよ鳴りとどろきて、おはしますにつづきたる廊《らう》に、落ちかかりぬ。炎《ほのほ》燃えあがりて、廊は焼けぬ。こころだましひなくて、ある限り惑ふ。うしろのかたなる大炊殿《おほひどの》とおぼしき屋《や》に移し奉りて、上下《かみしも》となく立ちこみて、いとらうがはしく《乱れがましき也》泣きとよむ声、雷《いかづち》にも劣らず。空は、墨《すみ》をすりたるやうにて、日も暮れにけり。

［湖月訳］

光る君は、「このような大雨が続くようでは、この世界は亡《ほろ》びてしまうのではないか」とまで、心配なさる。その翌日の夜明け近くになっても、風がたいそう激しく吹き、高潮が押し寄せてきて、波の音が轟々《ごうごう》と響いてくる。どんなに固い岩や、どんなに高い山であっても、風雨で粉々《こなごな》になり、波に押し流されて、地上からあとかたもなく消えてしまいそうな勢いである。それに加えて、雷が鳴り響き、稲光が閃《ひらめ》くようすは、さらに、言いようのない恐ろしさである。「あっ、雷が落ちた。しかも、自分の真上だ」と思われるほどの恐怖をお感じになる。従者たちも、誰一人として、死の恐怖を感じていない者などいない。（中略）

光る君は、この地域の守り神である住吉明神の方角に向かって、「この大災害を無事に乗り切れましたならば、たくさんの寄進をいたします」と、多くの願《がん》を掛けられる。また、住吉明神だけでなく、海の世界を支配している龍王や、我が国に遍在なさっている八百《やお》万《よろず》の神々にも、願をお掛けになる。ところが、雷雨は弱まるどころか、さらにいっそう鳴り轟き始める始末である。

光る君が住んでいらっしゃる建物の、渡り廊下に当たる部分を、雷が直撃した。ぱっと炎が燃え上がり、廊は、あっという間に焼け落ちた。

光る君も、従者たちも、理性も分別も吹っ飛び、すべての者が周章狼狽《しゅうしょうろうばい》している。寝殿の後《うし》ろのほうには、人々の食事の調理をしたり、食事をしたりする建物があったのだけれども、廊を燃やした火は、そこへもたちどころに燃え広がった。「貴人のいらっしゃるところは、どんな危険が迫ってきても安心だ」と信じている近隣の民衆が、大挙してこの建物に避難してきているので、身分の上下《じょうげ》の隔てなく、とにかく人間が密集していた。その人々が、当てにしていた貴人である光る君の建物にさえ、雷が直撃したものだから、気も動転して、叫びおらんでいる。泣き騒ぎ、おめき声を上げている。その大声は、響き渡る雷鳴にも劣らないくらい大きい。

空は、墨を磨《す》って流したかのように真っ黒だった。漢詩では、「雲、墨色なり」とか、

「雲、墨に似たり」などと表現されているが、まさにその世界が現前していた。そして、漆黒の夜となった。

［宣長説］

特に、宣長説はない。また、『湖月抄』自体も、この場面に関しては、簡略な注しか記していない。

［評］　『湖月抄』の著者北村季吟と同じく、松永貞徳に師事した野々口《ののぐち》（雛屋《ひなや》）立圃《りゅうほ》（一五九五～一六六九）が文章と挿絵を担当した『十帖源氏《じゅうじょうげんじ》』の挿絵が、面白い。この場面では、「廊」の屋根の上に、天から落ちてきた雷神の姿が、はっきり描かれている。江戸時代の「雷様《かみなりさま》」のイメージそのものなので、思わず笑ってしまう。立圃は、「俳画の祖」とも言われる。

ともあれ、この部分は、光源氏が「死」に最も接近した、緊迫する場面である。光源氏本人には、「罪」の自覚はないが、天は、光源氏を厳しく罰している。光源氏にも、罰された自覚はあっただろう。その極限で、光源氏は、「自分はまだ生きていたい」と切望した。そこから、彼の「新生＝再生」が始まる。かくて、彼の「イニシエーション＝死と再生」が可能となった。

13―3　光源氏の夢に、亡き桐壺院が現れる……父からの赦《ゆる》し

光源氏は、かつて、父である桐壺帝を裏切り、その女御である藤壺と密通し、その結果生まれた子を東宮とした。その罪は、襲いかかる雷鳴と電光によって償われたのだろうか。それとも、二人の愛の始まりを含めて、すべては桐壺帝の演出だったのか。

いずれにしても、大雷雨の直後、光源氏の夢に亡き桐壺院が現れ、光源氏を励ます。この場面で、光源氏の贖罪《しょくざい》は完了した。これを、十分だと認識するか、不満足だと判定するか。審判は、読者に委《ゆだ》ねられている。

私個人は、不十分だと思う。だから、四十歳を越えてから、光源氏は厳しい人生の真実と向き合うことになったのである。

［『湖月抄』の本文と傍注］

海《源》にます神のたすけにかからずは潮《へ》の八百合《やほあひ》にさすらへなまし

日《ひ》ねもすに、いりもみつる《急なる心也》風のさわぎに、さこそ言へ、いた《上詞に君は念誦し給ひてなど、さかしく書きしに対していへり》う困《こう》じ給ひにければ、心にもあらず、うちまどろみ給ふ。かたじけなき《きたなげなる処也》おまし所なれば、ただ、寄り居《ゐ》給へる《うるはしくは、いね給はざる也》に、故院、ただ、おはしまししさまながら立ち給ひて、「など、かく、あやしき《いかにして、かやうの所に源はおはすぞと也》所にはものするぞ」とて、御手を取りて、引き立て給ふ。「住吉の神のみちびき給ふ（明石へうつり給ふべき瑞也）ままに、はや、舟出《ふなで》して、この浦を去《さ》りね」とのたまはす。いと、うれしくて（源の夢心也）、「かしこき御かげ（夢中に院へ申し給ふ也）に別れ奉りにしこなた、さまざま悲しきことのみおほく侍《はべ》れば、今は、この渚《なぎさ》に身をや捨て侍りなまし」と聞こえ給へば、「いと、ある（院の御返事也）まじきこと。これは、ただ、いささかなる、ものの報いなり。我は、位《くらゐ》にありし時（御門の御在位の時也）、あやまつことなかりしかど、おのづから犯しありければ、その罪を終《を》ふるほど、いとまなくて、この世をかへりみざりつれど、いみじき（源の身の上の事也）憂へに沈むを見るにたへがたくて、海に入り、渚《なぎさ》にのぼり、いたく困《こう》じにたれど、かかるついでに、内裏《だいり》に奏すべきこと《源の帰洛の事なるべし》あるによりてなん、急ぎのぼりぬる」とて、立ち去り給ひぬ。飽かず《源の心》悲しくて、「御供《とも》に参りなん」と、泣き入り給ひて、見上げ給へれば《ここにて夢覚め給へるさま也》、人もなくて、月の顔のみ、きらきらとして、夢の心地もせず、御けはひ留《と》まれる心地して、空の雲、あはれにたなびけり。年頃《としごろ》、夢のうちにも見奉らで、恋しうおぼつかなき御さまを、ほのかなれど、さだかに見奉りつるのみ、面影《おもかげ》におぼえ給ひて、「我《わ》が、かく、悲しみをきはめ、命も尽きなんとしつるを、助けに翔《かけ》り給へる」と、あはれにおぼすに、「よくぞ、かかる騒ぎもありける」と、名残《なごり》たのもしう、「うれし」とおぼえ給ふこと、限りなし。

［湖月訳］

雷雨は収まったけれども、従者たちは、周章狼狽して、落ち着かない。近隣の庶民たちも、「今度という今度は、神様の助けがなかったなら、命が危なかった」と話をしているのを聞いた光る君は、その言葉に共感して、歌を詠まれた。

海にます神のたすけにかからずは潮《しほ》の八百合《やほあひ》にさすらへなまし

（海の神様である住吉明神にも、海の世界を支配している海龍王にも、私は加護を祈ったけれども、その甲斐はあったようだ。もしも、神の加護がなかったのならば、高潮にさらわれて、今頃は、たくさんの潮の流れが一つになるという、深い海底に沈んでいたかもしれない。）

上巳の日から、まる一日、急激に吹いた風による大騒動で、光る君は冷静沈着に神様に祈っておられたのだけれども、さすがにくたびれ果ててしまい、思わず、うとうとと微睡《まどろ》みなさった。ふだんは足を運ばれない緊急の避難部屋なので、むさ苦しく、柱に軽く寄りかかった姿勢で、熟睡はおできになれない。

その夢の中に、亡《な》き桐壺院が現れなさった。生きておられた時と、まったく変わらないお姿であった。桐壺院は、光る君の目の前にお立ちになって、「そなたは、なぜ、このような、汚い場所に留まっておるのか」とおっしゃりながら、光る君の手を取って、立ち上がらせる。そして、「住吉明神のお導きに従うが良い。舟に乗って、この須磨の浦を早く立ち去るがよい」とおっしゃる。あとから考えると、この言葉は、播磨の国の明石へ移ることの前兆なのだった。

光る君は、夢と知りつつも、うれしくてたまらない。「父上。もったいないほどに私を守っていただきました父上とお別れしましてからと言うもの、悲しく思うことばかりが打ち続きまして、今は、この須磨へと流れてきたのです。この渚で、私の運勢も、命も、尽き果てようとしております」と申し上げなさる。それに答えて、桐壺院は、「この浦で、そなたの命が尽きることなど、絶対に、あってはならないことだ。そなたが、こうして悲しい思いをしているのは、ただ、ちょっとしたことの報いを受けているからなのだ」とおっしゃる。これは、光る君と藤壺との密通を指しているとも、それ以外のあやまちをさしているとも、どちらとも解釈できる言葉である。

また、桐壺院は、自らの現在の境遇にも言及なさる。「私は、皇位にあった時に、為政者としての過失はなかった。ただし、天下の政《まつりごと》の最高責任者として、やむをえない成り行きで、責めを負うべき事態があったのは事実である。その罪を償うために、死んだあと、地獄で苦しい思いを続けてきたので、そなたたち生きている人々のことを思いやるだけの余裕がなかった。だから、苦しんでいるそなたたちを救ってあげられなかった」。

これは、桐壺院（桐壺帝）の准拠（モデル）が醍醐天皇であることと、深く関わっている述懐である。醍醐天皇は、先帝の宇多天皇の信任篤かった右大臣・菅原道真公を失脚させて、大宰府に左遷させた。大宰府に流された道真は、醍醐天皇を恨んだという。日蔵《にちぞう》という上人が地獄巡りをしたところ、道真を苦しめた醍醐天皇の姿がそこにはあった、と言う。

桐壺院の霊は、夢を見ている光る君に、なおも語り続けた。「ただし、最近になって、あの世からそなたのようすを見ていて、ひどく苦しんでいるのを知った。そうすると、黙って見ているのが我慢できなくなり、あの世から、海をくぐり、渚から陸に上がり、私自身はひどく疲れてしまったけれども、こうしてあなたと逢えたし、話もできた。このついでにと言っては何だが、都の内裏にいる今上帝《きんじょうてい》（朱雀院）に、ぜひとも申し上げたいことがある。だから、もう少し、そなたと話をしていたいのだけれども、ここで切り上げる。これから、都へ上るつもりだ」。そう言い残して、院は光る君の前から去ってゆかれた。これは、光源氏を都に呼び戻すように、朱雀帝に告げたかったのだろう。なお、桐壺院が、冥界から現世まで、海に入り、渚に上ってやって来たという部分は、白楽天の『長恨歌』で、玄宗皇帝の命を受けた方士が、仙界に転生した楊貴妃を訪ねる際に、「上《かみ》は碧落《へきらく》を窮《きは》め、下《しも》は黄泉《くわんせん》」とある箇所を思わせる。

光る君は、もっと父君の顔を見ていたかったし、お声も聞いていたかったのだが、去ってゆかれるので、心の中は物足りなくお感じになる。「父上、都へ行かれるのでしたら、お供をさせて下さい」と、泣きじゃくりながら、さっきまで桐壺院が立っておられた場所を、見上げる。

ここで、光る君は、はっと目が覚めた。桐壺院がおられた場所には、誰もいない。桐壺院のお懐かしい顔ではなく、ただ、月の顔だけが、きらきらと光りつつ空に懸かっている。けれども、光る君には、亡き桐壺院と言葉を交わしたことが、何から何まで夢だったとは、思えない。姿は見えないけれども、あたり一面には、亡き桐壺院その人のたたずまいだった気配が、濃厚に漂っていた。空の雲も、名残惜《なごり》しげに漂っている。漢詩『高唐賦』で、男の夢の中に現れて契った巫山《ふざん》の神女が、別れに際して、「朝には雲になり、夕べには雨とならん」と言ったような、趣きのある雲が、空に棚引いている。

また、杜甫の詩に、「残月、屋梁《をくりやう》に在り。猶《なほ》、疑ふらくは顔色を見るかと」とあることも、思い合わされる。この詩は、杜甫が李白を夢に見て詠んだと伝えられている。

桐壺院が崩御されたのは、四年前。たった四年しか経《た》っていないのに、すべてが変わってしまった。光る君は、夢の中でも桐壺院とお会いできない心もとなさを、ずっと感じておられたが、かすかではあるが、はっきりと夢の中で再会し、尊顔を拝することができた。今も、瞼には、桐壺院の面影がはっきりと焼き付いている。

光る君は、「私が、このように悲しみのどん底にあって、命の危険に直面したからこそ、桐壺院は私を救うために、この世まで空を翔《かけ》って、現れて下さったのだ」と、心から感謝の念をお持ちになる。「右大臣と弘徽殿の大后一派に迫害されて、須磨まで左遷されたからこそ、お会いできたのだ。私は、ここまで追い詰められたことが、悲しくはなくなった。むしろ嬉しい」と、しみじみお思いになる。

［宣長説］

風が「いりもみ」するというのは、後の野分《のわき》巻にも見られる表現である。『湖月抄』には「急なる心也」とあるが、不十分である。その意味は、激しく風が吹くので、物を「熬《い》る」ごとく、「揉《も》む」ごとく思われる、ということである。

また、「よくぞ、かかる騒ぎもありける」とは、光源氏が須磨に左遷されたことを指すのではなく、今回の大暴風雨と雷鳴の災害を指している。

［評］　光源氏は、父から許されている。桐壺院の霊は、光源氏が都へ戻って、権力の中枢へと上り詰めてゆくことを、後押ししてくれている。

光源氏は、人生で最大のピンチを乗り切った。雷が直撃した時が、どん底だった。これからは、上《のぼ》る一方である。

13―4　明石の入道からの誘い……須磨から明石への「浦伝《うらづた》ひ」

亡き桐壺院の夢を見た翌朝、光源氏のもとへ、明石の入道の乗った舟が迎えにやって来た。光源氏は、夢のお告げと考えあわせ、明石へと移ることにした。光源氏が霊夢を見た夜に、偶然、入道もまた霊夢を見ていたのだった。以下、入道の言葉である。

［『湖月抄』の本文と傍注］

入道よりの使の詞也

「去《い》ぬるついたちの日の夢に、さま異《こと》なる者の、告げ知らすること侍《はべ》りしかば、信じがたきことと思ひ給へしかど、『十三日に、新《あら》たなる験《しるし》見せん。舟を装《よそ》ひまうけて（用意する事也）、必ず雨風やまば、この浦に寄せよ』と、重ねて示すことの侍りしかば、試みに、舟の装《よそ》ひをまうけて、待《ま》ち侍《はべ》りしに、いかめしき雨風、いかづちの驚かし侍りつれば、人のみかどにも、夢を信じて国を助くるたぐひ多う侍りけるを、『用《もち》ゐさせ給はぬまでも、この戒めの日（十三日に新たなるしるしみせん、とありし故也）を過ぐさず、この由《よし》を告げ申し侍らん』とて、舟、出《い》だし侍りつるに、あやしき風（順風也）、細う吹きて（追風(おひて)にしづまりたる心也）、この浦に着《つ》き侍ること、まことに神のしるべ違《たが》はずなん。『ここにも、もし、しろしめすことや侍りつらん（こなたにも、自然、告げなどありしにやと也）』となん。いとも憚《はばか》り多く侍れど、この由《よし》、申し給へ」と言ふ。

［湖月訳］

明石の入道は、面識のある源良清朝臣《よしきよあそん》を介し、光る君と連絡を取ろうとしたので、光る君は良清に、入道の意図を尋ねさせた。すると、入道の使者は、次のように語った。

「それがしは、去る三月一日の上巳《じょうし》の日でございました。不思議な夢を見ました。顔かたちが人間ではない異貌の物が夢の中に現れまして、あるお告げをしたのでございます。その内容が、にわかには信じがたいことでしたので、どうしたものかと悩んでおりました。そういたしますと、また不思議な夢を見まして、『十三日の日に、あらたかな霊験を示してやろう。そなたは、舟を用意して、激しい雨と風が収まったならば、明石を発《た》ち、須磨の浦へと向かい、舟を寄せるがよい』という、二度目のお告げがあったのでございます。それがしは、三月十三日には何があるのだろうと思いつつ、舟の準備をしてその日を待っていたのです。そういたしますと、十三日の日は、これまで体験したことのない暴風と雷雨でございまして、それがしも驚かされました。須磨には、光る君が都から移られてお住まいになっていると聞いておりましたので、その身に万一のことがあれば、この国にとって取り返しの付かない損失になります。それがしは、二度も、夢のお告げを受けたのですが、中国でも、夢のお告げを信じて、国家の経営がうまくいったという例《ためし》が、いくつもあったと聞いております。中でも、古代中国の殷《いん》の武丁《ぶてい》（高宗）は、夢のお告げで、傅説《ふえつ》という賢人を得て、国家を繁栄させたと承っております。それがしも、夢のお告げを信じ、行動に移しました。『たとえ、光る君がそれがしの申し出を受けられないとしても、十三日にあらたかな霊験を示すというお告げがあった機会を逃さず、それがしの見た夢のお告げを、光る君にお伝えしよう』と思いまして、明石から舟を漕ぎ出したのでございます。そういたしますと、不思議なことに、荒れていた海の風が弱まり、しかも順風になりまして、難なくこの須磨の浦に到着したのでございます。まことに、神のお導きであると、確信いたしました。『こちらにおいでの光る君にも、何かしらの夢のお告げが、おありになったのではないか』と思っております。まことに畏《おそ》れ多いことではありますが、この由《よし》を光る君の耳にお入れ下さい」と、詳しい経緯を語ったのだった。

［宣長説］

「いぬるついたちの日」は、『湖月抄』が言っているような「三月一日」ではなく、三月上旬のことである。

明石の入道は、三月上旬に一度目の夢のお告げを受け、その後、二度目の夢のお告げを受け、その後、激しい暴風と雷雨に遭ったのである。

なお、宣長が所持していた『湖月抄』の版本には、書き入れがあり、『古事記』で神武天皇を助けた「高倉下《たかくらじ》」という人物の故事を、指摘している。神武天皇が東征の途中、危機に陥った時に、高倉下が不思議な剣を入手する夢を見た。その夢の通りに、霊力のある剣が見つかって、神武天皇は危機を脱出した、という。『古事記伝』の著者らしい宣長の指摘である。

［評］　中国で夢を信じて国家の運営・経営がうまくいった前例として、『湖月抄』は殷《いん》の「武丁《ぶてい》（高宗）」と「傅説《ふえつ》」の故事を詳しく説明している。皇帝が「夢」を信じて賢臣を得て、国家を中興させるという内容であるが、『太平記』で語られる後醍醐天皇と楠木正成の出会いを連想させないだろうか。傅説の故事は、鎌倉時代から始まった『源氏物語』の研究を通して、我が国に広く知られるようになり、室町時代の『太平記』にも影響を与えた、と考えられる。

13—5　光源氏、明石の入道と語る……「花も紅葉もなかりけり」

光源氏は、入道の用意した舟で、明石へ「浦伝《うらづた》ひ」した。入道は、風情《ふぜい》のある暮らしぶりだった。初夏のある夜、月を愛《め》でながら、光源氏は「琴《きん》の琴《こと》」を弾き、入道と語り合った。『新古今和歌集』を代表する歌人であり、『源氏物語』青表紙本を校訂した藤原定家が、「見渡せば花も紅葉もなかりけり浦の苫屋《とまや》の秋の夕暮」と詠んだのは、この場面を踏まえたとされる。

［『湖月抄』の本文と傍注］

のどやかなる夕月夜《ゆふづくよ》に、海の上《うへ》くもりなく見え渡れるも、住みなれ給ひしふるさとの池水《いけみづ》に、思ひまがへられ給ふに、言はんかたなく恋しきこと、いづかたともなく行方《ゆくへ》なき心地し

　　　忙々たる心にや

給ひて、ただ、目の前に見やらるるは、淡路島《あはぢしま》なりけり。
明石より淡路島は見わたし也
〽「あはとはるかに」など、のたまひて、

源
あはと見るあはぢの島のあはれさへ残るくまなくすめる

夜の月

久しう、手も触れ給はぬ琴《きん》を、袋より取り出で給ひて、はかなくかき鳴らし給へる御さまを、見奉る人も、やすからず、
感にたへぬ心也
あはれに、悲しう、思ひあへり。

「広陵《くわうりよう》」といふ手を、ある限り、弾きすまし給へるに、かの
明石上の住むかたへも此の琴の音きこえたるなるべし
岡辺《をかべ》の家も、松の響き、波の音に合ひて、心ばせある若き人

は、身にしみて思ふべかンめり。何《なに》とも聞き分《わ》くまじき、このものものし《両説》はふるびとどもも、すずろはしくて、浜風をひきありく。入道も、え堪《た》へで、供養法《くやうほふ》たゆみて、急ぎ参れり。（中略）

古人《ふるびと》は、涙も止《と》めあへず、岡辺《をかべ》に、琵琶《びは》・箏《さう》の琴《こと》、取りにやりて、入道、琵琶の法師《入道の琵琶ひく事をいふ也》になりて、いとをかしう、めづらしう、手、一つ二つ弾《ひ》き出でたり。箏の御琴参りたれば《ことまゐらせたる也　源の箏のことも上手也》、少し弾き給ふも、さまざま、いみじうのみ思ひ聞こえたり。い《地》と、さしも聞こえぬ物の音《ね》だに、折《をり》からこそは勝《まさ》るものなるを、はるばると、物のとどこほりなき海面《うみづら》なるに、なかなか春秋《はるあき》の花紅葉《はなもみぢ》の盛りなるよりは、ただ、そこはかとなう繁れる陰《かげ》ども、なまめかしきに、水鶏《くひな》の打ち敲《たた》きたるは、「誰《へた》が門鎖《かどさ》して」と、あはれにおぼゆ。

［湖月訳］

明石に移ってきてから、光る君は入道の手厚いもてなしを受けていらっしゃる。四月になった。初夏である。しめやかな夕方、空には月が懸かっている。その月の光に照らされて、明石の海は、ずっと向こうまで、はっきりと見通すことができる。その澄みきった海《うみ》面《づら》を御覧になっていた光る君は、一昨年まで住み馴れていた都の住まいを、ふと思い出される。寝殿造りの南側の庭に作られている池水のようすが、今、目の前に広がっている明石の海と似ているように感じられたのである。光る君は、都の日々が、言いようも無いほどに恋しく偲ばれてならない。海の景色はどこまでもはっきりと見えているのに、自分の運命は、これからどうなるのか、ぼんやりとして、見通せない。「私の人生は、これからどうなるのだろう」と、あてのない思いに光る君は苦しむのだった。すぐ目の前には、淡路島が見渡せる。光る君は、凡河内《おおしこうちの》躬恒《みつね》の歌を思い出し、口ずさまれる。「淡路《あはぢ》にてあとはるかに見し月の近き今宵は所がらかも」。躬恒は、淡路の国の地方官で、権掾《ごんのじょう》を務めた。淡路島では、遠くに、ぼんやりと月を見ていたが、やっと帰京できることになり、都の近くで月を見ると、距離的にも近く、明るく感じられた、というのである。光る君は、「躬恒は、地方官の任期が終わったら都に帰ることができたけれども、朝廷のお咎めを受けた自分は、いつになったら都に戻れるのだろう」と、悲しくお感じになる。そして、歌を詠まれた。

あはと見るあはぢの島のあはれさへ残るくまなくすめる夜の月

（目の前には、淡路島と「阿波門《あわと》」が見えるが、海の上に、泡のように浮かんでいる。それが「あはれ」を感じさせる。海の上では、初夏の月が明るく照り渡っている。これもまた、「あはれ」である。）

光る君は、ここのところ、しばらく手に触れてこなかった「琴《きん》の琴《こと》」（七絃琴）を、嚢《ふくろ》からお取り出しになって、ほんの少しではあるが、掻き鳴らされる。それを見守る供の者たちは、いかにも感に堪《た》えたという面持ちで、演奏をしみじみと、また、都を思い出しては悲しく、聴き入っている。

光る君が爪弾かれたのは、「広陵散《こうりょうさん》」という秘曲なのだった。この曲は、古代中国の晋《しん》の時代に「竹林の七賢」の一人である嵆康《けいこう》が、夢の中で、尭《ぎょう》の時代の伶倫《れいりん》という伝説的な楽士から授かったとされる。須磨巻以来、光る君は、何度も不思議な夢のお告げを得てきた。そのこともあり、夢で授かったという秘曲「広陵散」をお弾きになったのだろう。

光る君が、秘曲「広陵散」を、秘術のありったけを尽くした弾いておられる屋敷から高台にある、「岡辺の家」には、入道の娘（明石の君）が住んでいる。そこへも、松風の響きや、打ち寄せる波の音と一緒に、琴の音が聞こえたことでしょう。音楽の心得のある若い娘や女房たちは、光る君の琴の音を耳にして、心の底から感動したことでしょう。

一方、音楽の何たるかも知らず、美しい音とそうでない音との区別もつかない、あちらこちらの「しわふる人《ひと》」（しわくちゃの老人）や「しばふるい人《びと》」（柴を集める庶民）たちも、光る君の奏でる調べを耳にするや、じっとしていられなくなり、やみくもに夜の浜辺を歩き回り、冷たい夜の浜風に当たって、風邪《かぜ》を引く始末である。明石の入道もまた、じっとし

ていられなくなり、大切なお勤めである供養法《くようほう》を早めに切り上げて、光る君のお部屋まで急ぎ参上してきた。(中略)

年老いて、涙もろくなっている明石の入道は、感動の涙を留めることができない。自分でも、琴を爪弾《つまび》こうと、使いの者を、岡辺の家に走らせて、そこに置いてある琵琶や箏《そう》の琴《こと》を持参させる。入道は、まるで専門の琵琶法師になったかのように、たいそう面白い曲を、一つ二つ、演奏し始めた。入道は、光る君にも、箏の琴を勧めた。すると、光る君は十三絃の箏の琴を、ほんの少し掻き鳴らされたが、それもまた、琴《きん》の琴《こと》に劣らぬくらいに素晴らしい音色だった。入道は、先ほどの琴《きん》の音色の比類のない演奏を耳にしていたので、箏のほうはそれほどでもあるまいと予想していたのに、箏もまた見事に弾きこなされたので、「光る君は、すべての面で卓越しておられる」と、その才能の素晴らしさに感動するばかりだった。

さて、ここからは、語り手である私自身の感想を申し述べましょう。私も、光る君の演奏を聴いておりました。そもそも、美しい月という折から、ずっと見渡すかぎり滑らかな海の景観という所がらがありますので、それほどの力量でもない人の演奏であったとしても、それなりに優れて聞こえるものです。まして、光る君の演奏ですから、本当に素晴らしいものでした。

今は、四月です。春の花盛りでも、秋の紅葉の見頃でもありません。けれども、若葉や青葉になり始めた初夏の木々の優美さは、かえって花や紅葉の季節よりも優れていると感じられます。

どこかから、水鶏《くいな》の鳴き声も聞こえてきます。水鶏の声は、男が女の家の戸口を叩《たた》く音に喩《たと》えられます。「まだ宵《よひ》にうち来《き》て敲《たた》く水鶏かな誰《た》が門鎖《かどさ》して入れぬなるらん」という歌があります。初夏の宵は、まさに恋の情緒も漂わせているのです。鳥や獣ですら、折に触れては恋の情緒を掻き立てるものですから、この初夏の爽やかな季節は、音楽に心を動かすには最高の季節なのです。

［宣長説］
光源氏の歌の解釈を、『湖月抄』は完全に誤っている。まず、光源氏が本歌取りした、凡河内躬恒の「淡路にてあはとはるかに見し月の近き今宵は所がらかも」という歌が、正しく理解できていない。これは、契沖が『源註拾遺《げんちゅうしゅうい》』で指摘しているように、「あはと」は、「あれは」という意味なのである。だから、光源氏の歌である、「あはと見

るあはぢの島のあはれさへ残るくまなくすめる夜の月」も、初句は「あれは淡路島だと思って見る」という意味になる。「あれは」という意味を知らないから、「泡のように見える」などという、間違った解釈をしているのである。

［評］　光源氏の歌は、「あは」「あはぢ」「あはれ」と、「あは」を三度、繰り返している。音律の心地良い歌である。

『源氏物語』の明石巻は、春や秋の華やかさにはない、夏の爽やかな美を称えている。一方、定家が「見渡せば花も紅葉もなかりけり」と詠んだのは、「秋の夕暮」の侘《わび》しさを歌ったものである。夏の情緒は感じられない。定家は、明石巻の季節を一変させることで、中世の新しい美学を創造した。

13―6　故桐壺院の霊、朱雀帝を叱責する……眼病を患う天皇

光る君と明石の君を何とか結び付けたいと願う入道の心が、切々と語られる。一方、娘

のほうは、自分が光る君と結ばれたとしても、自分は本当に幸福になれるのかどうか、思い悩んでいる。

そうこうするうちに、都では、大きな出来事があった。朱雀帝が、目を病んだのである。

『湖月抄』の本文と傍注

その年《これより京の事也》、おほやけに、物のさとし《怪異ども也》しきりて、物騒がしきこと多かり。三月十三日、雷《かみ》鳴りひらめき、雨風騒がしき夜、帝《みかど》の御夢に、院の帝《みかど》、御前《おまへ》の御階《みはし》の許《もと》に立たせ給ひて、御気色《桐の帝也》いとあしうて、にらみ聞こえさせ給ふを、かしこまりておはします《朱雀院の夢中の体也》。聞こえさせ給ふ《桐帝、朱雀へ仰せらるる也》ことども、多かり。源氏の《草子地也》御ことどもなりけんかし。
（朱雀院の御心也）いとど恐ろしう、「いとほし」とおぼして、（悪后也）后に聞こえさせ給ひければ、（弘徽殿詞也）「雨など降り、空乱れたる夜は、（思夢とて思ふ事を見ると也）思ひなしなることは、さぞ侍る。かろがろしきやうに、おぼし驚くまじきこと」と、聞こえ給ふ。にらみ給ひしに、見合はせ給ふと、（見給ひし故にやと也）見しけにや、御目わづらひ給ひて、堪《た》へがたう悩み給ふ。御つつしみ、内《うち》にも、宮にも、限りなくせさせ給ふ。

［湖月訳］
さて、ここからは都の話になります。

その年は、須磨や明石だけでなく、都でも、怪異現象がしきりに起きて、朝廷でも大騒ぎになっていた。中でも、三月十三日には、雷鳴が鳴り響き、閃光がひらめき、大雨と大風が押し寄せた。

この三月十三日は、須磨でも異常気象が起き、光る君は生命の危機に立たされていた。その雷雨が収まった暁がたに、光る君は亡き桐壺院と、夢の中で対面したのだった。その時、院は、これから都に上ると言い置かれた。その言葉通り、亡き桐壺院は、都で、朱雀院の夢の中にもお姿を現されたのである。

朱雀帝は、夢を見ていらっしゃった。その夢の中での出来事である。亡き桐壺院が、朱雀帝が休んでいらっしゃる清涼殿の東庭にある階段の近くに、お立ちになっていた。院のご機嫌は、ひどく悪くて、朱雀帝に対する不愉快さを隠しておられなかった。怒りに燃えた目で、朱雀帝を睨みつけられた。朱雀帝は、ひたすらかしこまって、院の仰《おお》せ言《ごと》をお聞きになる。院は、たくさんのことをお話しになられた。語り手である私が推測しますに、おそらくは、光る君の処遇を巡ってのお言葉であったのではないでしょうか。

朱雀院は、夢が覚めてから、亡き父院の激しいお怒りが恐ろしかったこと、そして、死後も成仏できずに、地獄で苦しんでいらっしゃることを「かわいそうだ」と思われる。院がおっしゃった光る君への処遇について、母の后(弘徽殿の女御)には包み隠さずに話して、相談なさった。母后は、気の強い性格だったし、「悪后《わるぎさき》」と呼ばれるほど、光る君を憎んでおられたから、桐壺院のお叱りについても懐疑的だった。「雨などが降って、空の模様がよくない時に、人は『思夢《しむ》』と言って、心の奥底で何となく思っていることが夢に現れると言われています。その程度の夢に動揺して、うろたえてはなりません」とおっしゃる。

なお、中国の『周礼《しゅらい》』という書物には、夢には「正夢《せいむ》」「悪夢」「思夢」「寤夢《ごむ》」「善夢」「懼夢《くむ》」という「六夢《ろくむ》」がある、とされている。風雨がなく、楽しい気分で見る夢が「正夢」である。朱雀帝の夢は、そうではないので、「思夢」であり、帝がふだんから光る君への処遇で悩んでいたことを物語っている。

さて、朱雀帝は、桐壺院の怒りに燃える目と、自分の目が合ったと、夢で見てしまったのが原因だろうか、その後、目をひどく患うようになられた。それが、我慢できないほどの痛みとなった。朱雀帝の宮中でも、母の大后も、目の病が癒えるように、ありとあらゆる方策をお尽くしになる。

この朱雀帝の眼病については、三条天皇(在位一〇一一~一六)の眼病が連想される。失明した三条天皇の眼病の原因は、仙薬を飲んだからとも、皇位継承で恨みを持つ藤原元方《もとかた》

（八八八〜九五三）の怨霊に祟《たた》られたためともされる。

［宣長説］

「三月十三日」という日付は、明石の入道の言葉の中に見られる日付である。光源氏が亡き桐壺院と夢の中で再会したのは、三月十二日の夜である。それから京へ上ったので、十三日と書いたのだろう。

［評］　三条天皇が即位した一〇一一年には、『源氏物語』のほとんどの部分は書かれていたと思われる。だから、実在した三条天皇の眼病からヒントを得て、『源氏物語』の朱雀天皇の眼病が発想されたのではないだろう。逆に、『源氏物語』の朱雀天皇の眼病を参考にして、実在した三条天皇の眼病についての記述がなされたのだろう。

けれども、「三条天皇は『源氏物語』以後の天皇なのだけれども、『源氏物語』の朱雀天皇の眼病に影響を与えたと、ついつい考えてしまうことがある」と語った碩学を、私は知っている。『湖月抄』も、そうなのだろう。

13―7　光源氏、明石の君と契る……明石の君の重力が、光源氏を呼び寄せた

八月十二、三日の頃、光源氏は、明石の君と契った。この契りがもたらしたものは、「明石の姫君＝明石の中宮」の誕生だった。彼女の入内《じゅだい》と、三人の皇子の出産によって、光る君の子孫は、末永く皇位継承と関わることになった。ちなみに、藤壺との密通によって誕生した冷泉帝の皇位は、一代限りだった。

なお、明石の入道の娘は、古来、『湖月抄』でも、そして、本居宣長の著書でも、「明石の上」と呼ばれている。ところが、戦後の国文学研究は、彼女を「明石の君」と呼ぶことから出発した。「明石の君」の人物論的研究を主導した阿部秋生の影響は大きい。

本書は、『湖月抄』の解釈を「検証」することを最大の目的としているが、熟慮した結果、「明石の君」と呼ぶことにした。『源氏物語』の本文では、彼女に関して、会話文の中などを除くと、ほとんど敬語が用いられていない。ここまで徹底して敬語表現がなされていない女君は、珍しい。作者の強い意図があったと考えられる。

［『湖月抄』の本文と傍注］

源歌

むつごとを語りあはせん人もがな憂《う》き世《よ》の夢もなかば覚《さ》むやと

明石上返歌也

明けぬ夜にやがてまどへる心にはいづれを夢と分《わ》きて語らん

源心也　けだかきさまなり　こころふかきさまも、さあるべき也　明石

ほのかなるけはひ、伊勢の御息所に、いとよう覚えたり。何《なに》心《ごころ》もなく、うちとけてゐたりけるを、かう、もの覚えぬに、

上のさま也　女、すこし奥に入りたると見ゆ　障子の尻さしなど

いとわりなくて、近かりける曹司《ざうし》の内に入りて、いかで固

めける《なるべし》にか、いと強きを、しひても、押し立ち給はぬさま《源も、しひて心やぶらじと思ひ給へるさま也》なり。されど、さのみも、いかでかはあらん。人ざま、いとあてに、そびえて、心恥《は》づかしきけはひぞしたる。かう、あながちなりける契りをおぼすにも、浅からず、あはれなり。御こころざしの近まさりするなるべし。つねは、いとはしき夜のながさも、とく明けぬる心地すれば、「人に知られじ」とおぼすも、心あわただしうて、こまかに語らひおきて、出《い》で給ひぬ。

御文《ふみ》、いとしのびてぞ、今日はある。あいなき《あぢきなき心也》御心の鬼《おに》なりや。

［湖月訳］

光る君は、明石の入道の願いを理解している。彼は、自分の娘を何としても光る君と娶《めあ》わせて、子孫（宮中に入内する孫娘）を儲《もう》けたいのだ。そこで、明石の君の心を解きほぐそうとして歌を詠まれる。

むつごとを語りあはせん人もがな憂《う》き世《よ》の夢もなかば覚《さ》むやと

（私は今、辛《つら》い世の中で苦しんでいます。まるで、悪い夢を見ている最中のようです。だから、心を許してすべてを語り合える人が近くにいたらなあ、と願わずにはいられません。あなたとの親密な語らいによって、私を苦しめている悪夢のほとんども、覚めるでしょうから。）

女も、歌で返事した。

明けぬ夜にやがてまどへる心にはいづれを夢と分《わ》きて語らん

（私もまた、「無明長夜《むみょうじょうや》」の闇の中で、ずっと苦しんでいます。悪い夢を見続けていますので、どういう状態ならば、夢が覚めているのかもわかりません。ですから、あなたの見ている悪い夢を覚ます力など、この私にはありません。）

あたりは暗闇なので、女のようすははっきりとわからないけれども、光る君は、女が気高く、心深いことにお気づきになる。「誰かと似ている」と感じたので、よくよく思い出してみると、今は伊勢の国に下っている六条御息所とそっくりなのだった。

今夜、光る君が女を訪ねたのは、明石の入道の強い希望によるものではあったが、入道は自分の娘に、今夜、光る君がお越しになることを、一言も教えていなかったようだ。女は、何の心の準備もなく、安心して寝ていたところへ、このように、突然、光る君が入ってきて、近づいたので、どうしようもないほど困ってしまった。

女は、大慌てで、少し奥の部屋の中に逃げてゆき、どういうふうに鍵を掛けたものか、かなり固く入口を閉ざしてしまった。おそらくは、障子の向こう側に、心棒《しんぼう》をさして、開かないように細工したのだろう。光る君も、女の心を思いやって、無理強いしてまで関係を持とうなどとは思っていないご様子である。

と、このように私は書いたばかりですが、けれども、どうして、いつまでも、そのままでいられるわけがありますでしょうか。どうしたものか、光る君は奥の部屋にお入りになりました。逢った女は、とても気品があって、自立心があるというか、自分というものを強く意識していて、簡単には人の言うことを聞かない、いささか固くて、ツンとすましたところがありました。光る君も、あなどれない女だな、とお感じになります。

このようにして、二人は「実事《じつじ》」を持ったのです。結果的に、女の心を無視して強引に契りを結んだのですが、光る君は、この女と結ばれた経緯をお考えになります。都での人生が行き詰まり、須磨に侘び住まいしていたのが、明石に移り、入道にもてなされ、娘との結婚を強く懇請され、こうして結ばれたのは、自分と女に、前世からの深い因縁があったからだろうと、しみじみお考えになるのでした。ここまで光る君が思われたのは、この女と実際に結ばれてみると、これまで予想していたよりも優れた女だったので、うれしかったのでしょうね。

今は八月十五夜の少し前ですから、秋です。秋の夜は長いです。いつもは、一人で長い夜を明かしかねていらっしゃる光る君ですが、今夜ばかりは、あっという間に別れの朝となったのでした。「長しとも思ひぞはてぬ昔より逢ふ人からの秋の夜なれば」(『古今和歌集』凡河内躬恒)という歌もありますように、今夜は、優れた女と逢っていたので、夜が短く感じられたのでありましょう。

ところが、光る君は、「自分が、この女と深い仲になったということは、世間には内緒にしておきたい」とお思いになるので、慌ただしいことですが、暗いうちに戻ろうとされます。女には、濃《こま》やかな愛の言葉を残して、早めに岡部の家を後《あと》にされました。

これまでは、公然と女に歌を送っていらっしゃったのですが、今朝は、「後朝《きぬぎぬ》の文《ふみ》」なので、こっそりと歌を遣わされたのでした。こんな深い仲になってまで、都への外聞を憚り、恐れるというのは、何ともあじきない、良心の呵責というものなのでしょうね。

【宣長説】

特になし。ただし、「あいなし」については、桐壺巻などで異論を述べている。『湖月抄』の言う「あぢきなし」ではなく、自分と無関係に、そうしてしまうというニュアンスの言葉だと、宣長は理解している。光源氏の心は、女に惹かれているのに、その心とは無関係に、都の朝廷への聞こえや、紫の上の心を、無意識に忖度《そんたく》して、女との関係を隠そうとしてしまう光源氏を、「あいなし」という言葉で、語り手は揶揄《やゆ》しているのである。

［評］　明石の君は、六条御息所とよく似た雰囲気だ、とされる。明石の入道が光源氏に語った自分の系譜では、入道の父親は大臣で、按察《あぜち》大納言だった桐壺更衣の父親とは、兄弟であった。この血筋で考えれば、入道と桐壺更衣は「いとこ」であり、明石の君と光源氏は「又いとこ」（俗に言う「はとこ」）である。だから、明石の君は、六条御息所とだけでなく、桐壺更衣と似ていてもおかしくはない。ということは、藤壺や紫の上と似ていてもおかしくはない。

13―8　光源氏、都へ戻る……旅の終わり

年が明けた。明石の君は、光源氏の子を宿した。都では、大きな政変があり、光源氏は都に召還されることになり、その秋、明石を去った。光源氏は、『湖月抄』の年立《としだて》では、二十五歳の春から二十七歳の秋まで、延べ三年間の旅であった。宣長の年立では、二十六歳から二十八歳まで。

［『湖月抄』の本文と傍注］

立ち給ふ《帰洛の日也》暁《あかつき》は、夜ふかう出で給ひて、御むかへの人々も、騒がしければ、心も空《そら》なれど、人間《ひとま》をはからひて《人の透間をはからひて也》、

うち《源》捨てて立つも悲しき浦なみのなごりいかにと思ひやるかな

御かへり、

年《明石》経《へ》つる苫屋《とまや》も荒れてうき波のかへる方《かた》にや身をたぐへまし

と、うち思ひけるままなるを、見給ふに、しのび《源心さま也》給へど、ほろほろとこぼれぬ。心知らぬ人々は、かかる御住まひなれど、年頃と言ふばかり慣れ給へるを、『今は』とおぼすは、さもあることぞかし」など、見奉る。良清《よしきよ》などは、「おろかならず、おぼすなンめりかし」と、憎くぞ思ふ。

うれ《草子地也》しきにも、げに、「今日を限りに、この渚を別るるこそ」など、あはれがりて、口々《くちぐち》、しほたれ言ひあへることどもあンめり。されど、何かは、とてなん。

［湖月訳］

光る君を都へ召還するという報《しら》せは、七月の下旬に明石へと届いた。いよいよ、明石を発《た》ち、都へ向かう当日となった。お立ちになるのは、例によって、暁の暗い時分である。早朝なので、何かとざわついているし、都から明石まで光る君を迎えに来ている人々も大勢なので、光る君も心静かに明石の君たちとの別れを惜しむことができになれない。そんな中でも、周囲に誰もいなくなった時に、明石の君に別れの歌を贈られる。

うち捨てて立つも悲しき浦なみのなごりいかにと思ひやるかな

（明石の浦に沖から打ち寄せてくる波は、必ず沖へと返ってゆきます。都から明石へと流れてきた私もまた、都へと戻ってゆかねばなりません。波が返っていったあとにも、打ち寄せてきた波のいくらかは残っています。私が都へ帰ったあと、ここに残るであろうあなたのこれからのことを思うと、私は悲しくてたまらないのです。）

女からの返事には、彼女が思ったままのことが、率直に歌われていた。

年経《へ》つる苫屋《とまや》も荒れてうき波のかへる方《かた》にや身をたぐへまし

（私は生まれた時から、この明石で暮らしてきました。都からやって来たあなたは、また都へと戻ってゆかれます。これまで私が住んでいた明石の屋敷が、誰も住まなくなって荒れ放題になったとしても、私はあなたと一緒に都へ上《のぼ》りたいと願っています。）

この歌を御覧になった光る君は、女の真心に触れて、大粒の涙をこぼされる。光る君が、人目があるにもかかわらず、涙を流している姿を見た迎えの人々は、光る君がこの明石で女と結ばれていたことなど知らないので、涙の理由を推し量りかねている。「都から遠く離れた明石でのお暮らしは、さぞかし辛《つら》いものだっただろうけれども、さすがに、何年も住み続けておられると、ここでの暮らしにも慣れ、『もうこれで、ここはお別れだ』となると、このように胸に込み上げてくる感情がおありなのだろう」などと、見当違いの推測をしながら、拝見している。

ただし、光る君と明石の君との関係を知っている良清は、自分が彼女との結婚を望んでいたこともあるので、「光る君は、この女のことを、深く愛していらっしゃったのだ」と、心の中では憎たらしく思っているのだった。

光る君に仕えてきた従者たちも、待ちに待った帰京がうれしくてたまらないのですが、さすがに、「今日限り、この明石の海辺に帰って来ることはないのは、寂しいことだ」などと、口々に話し合い、しんみりと、別れの歌を詠み合いながら、涙をこぼしているようでした。ただし、この物語の語り手としましては、彼らが詠んだ歌の数々をここに書き記して、読者の皆さんにお聞かせする必要はないと思いますので、省略いたします。

［宣長説］

明石の君の歌の「うき波のかへる方《かた》にや身をたぐへまし」の部分は、『湖月抄』にも、女の光源氏への「恨み」を読み取る解釈が紹介されている。ここは、「元来た方角へ返ってゆく波と一緒に、私も海の沖のほうへ出て、身を投げて死んでしまいたい」と言っているのである。

［評］ 明石の君の歌は、「自分も生きて都に上りたい」のではなくて、宣長説のように、「あなたを追いかけていって、海に身を投げたい」と言っているのだろう。だから、光源氏も涙を抑えきれなかったのだと考えられる。

さて、都に戻った光源氏は、紫の上と対面した。権大納言に昇進した。イニシエーション（死と再生）をなし遂げた光源氏は、これから権力の頂点へと昇り詰めてゆく。

14　澪標《みおつくし》巻を読む

澪標巻は、須磨・明石両巻で語られた「三年間の旅」が終わり、光源氏が栄華の階段を再び昇り始める巻である。

私が座右の書としている『増註源氏物語湖月抄』（名著普及会、全三冊）は、この澪標巻から「中巻」に入る（柏木巻までを収録）。

14―1　巻名の由来と年立、この巻の内容

『湖月抄』の解説。巻の名は、和歌の言葉から付けられた。『湖月抄』は、光源氏が詠んだ、「みをつくし恋ふるしるしにここまでもめぐりあひけるえにはふかしな」を挙げている。ただし、明石の君の返歌、「数ならでなにはのこともかひなきになどみをつくし思ひそめけん」については、触れていない。なお、「みをづくし」とも言う。

「年立《としだて》」は、光源氏が二十七歳で明石から帰京してから、翌年、二十八歳の十一月まで。本居宣長は、「みをつくし」という言葉を含む明石の君の歌を、所持する『湖月抄』に書き添えている。年立は、二十八歳の十月から、二十九歳の冬まで。

この巻では、朱雀帝の退位と、冷泉帝の即位という「御代替《みよが》わり」が描かれる。光源氏と藤壺の罪の子が、遂に皇位に即《つ》いたのである。光源氏は、内大臣になった。

明石の君は、女児を出産した。御礼参りのために住吉大社に参拝した光源氏は、明石の君とすれ違い、和歌を贈答する。これが、「澪標」の歌である。

宰相中将(かつての頭中将)は、娘を冷泉帝に入内させた。御代替わりに伴って斎宮も交替し、六条御息所も帰京した。御息所は光源氏に、娘の未来を託して逝去する。光源氏は藤壺と相談し、前斎宮を自分の養女として、冷泉帝に入内させようとする(後の秋好《あきこのむ》中宮)。

14—2　宿曜《すくよう》の予言……宿世《すくせ》遠かりけり

三月十六日、明石の君が、明石の地で、女児を出産した。娘だから、将来、東宮・天皇の后として入内できる。光源氏の娘が后、さらには天皇の母親となる道が、ここに切り拓かれた。

〔『湖月抄』の本文と傍注〕

宿曜《すくえう》に、「御子《みこ》三人、みかど（冷泉院）、きさき（明石中宮）、必ず、並びて生まれ給ふべし。中の劣《おと》りは、太政大臣（夕霧）にて、位《くらゐ》を極《きは》むべし」と勘《かむが》へ申したりし。「中の劣《おと》り腹《ばら》に、女は、出《い》で来《き》給ふべし」とありしこと、さして（源の心におぼす也）、かなふなンめり。おほかた、上《かみ》なき位《くらゐ》にのぼり、世をまつりごち給ふべきこと、さばかり、かしこかりし、あまたの相人《さうにん》どもの、聞こえあつめたるは、年頃《としごろ》は、世のわづらはしさに、皆、おぼし消《け》ちつるを、当代《たうだい》の、かく、位にかなひ給ひぬることを、「思ひのごと嬉し」とおぼす。

みづからは、もて離れ給へる（天子の位の事也）筋《すぢ》は、「さらに、あるまじきこと」とおぼす。「あまたの皇子《みこ》たち（桐壺帝のみこ達也）の中《なか》に、すぐれて、らうたきもの（故院、源をいたはり給ひし也）に、おぼしたりしかど、ただ人におぼしおきてける御心を思ふに、宿世《すくせ》遠かりけり。内《うち》（冷泉院也）の、かくて、おはしますを、あらはに、人の知る（源の子とは人の知らねどと也）ことならねど、相人の言《こと》（宿曜の勘へし事也）むなしからず」と、御心のうちにおぼしけり。

今、行末のあらましごとをおぼすに、「住吉《すみよし》の神のしるべ、まことに、かの人《明石上也》も、世になべてならぬ宿世《すくせ》にて、ひがひがしき親も、およびなき心を使ふにやありけん。さるにては《さあるにては也》、かしこき筋《后の事也》にもなるべき人の、あやしき世界《明石の田舎びたる所に也》に生まれたらんは、いとほしう、かたじけなくもあるべきかな。このほど過《ゆくゆくは京に》ぐして、迎へてん《むかへんと也》」とおぼして、ひんがしの院《二条院の東院也》、急ぎ造らすべき由《よし》、催《もよほ》し仰《おほ》せ給ふ。

［湖月訳］

かつて、若紫巻で、藤壺が光る君の子どもを懐妊した際に、光る君も不思議な夢をたびたび御覧になった。その夢がどういう未来を告げ知らせているのかを、何人かの宿曜師《すくようし》に占わせたことがあった。かれこれ、十一年前の出来事である。宿曜《すくよう》は、空海（弘法大師）の甥《おい》（または姪《めい》の子）に当たる智証《ちしょう》大師（円珍《えんちん》）が我が国にもたらした、とされる占星術である。

さて、宿曜師が綿密に占って得た結論は、「光る君には、三人の子どもがお生まれなさいます。そのうちの二人は、天皇と后（中宮）です。男性として最高の天皇と、女性として最高の后の二つとも、お子様として恵まれなさいます。三人の子どものうちの、残り一人は、天皇や后よりは身分は劣りますが、太政大臣《だいじょうだいじん》となって、人臣としては最高の位《くらい》を極めなさるでしょう」というものだった。

天皇とあるのは、冷泉帝（母は藤壺）、后とあるのは、明石の中宮（母は、明石の君）、太政大臣とあるのは、夕霧のことである（母は葵の上）。ただし、『源氏物語』五十四帖が終わった夢浮橋巻の段階でも、夕霧はまだ太政大臣になっていないけれども、なるのは確実な状況である。

宿曜師の結論には、続きがあって、「三人の子どものうち、后となる女性は、三人の子どもの母親たちの中でも、最も身分の低い女性を母親としてお生まれになるでしょう」ともあった。前《さき》の播磨の国司の娘という、明石の君の身分を考え合わせると、宿曜師の述べた予言は、ぴったり実現しているようだ、と光る君には思われる。

桐壺巻で光る君の人相を占った高麗の相人《こま　そうにん》も、また、予言の道に卓越しているとされる人々も、光る君の未来を、最高の位にまで昇進し、国家の柱石となって政治の中枢に立つことを予言したものだった。光る君が二十五歳（宣長説では二十六歳）で、須磨に左遷された時には、それらの予言が完全にはずれたとお考えになり、忘れてしまわれた。

ところが、このたび、朱雀帝が退位され、我が子である冷泉帝が即位なさったので、光る君はそのことを「本望」だと思うと同時に、「嬉しいことだ」とお喜びになる。宿曜師たちの予言は、見事に的中したのだった。ならば、残りの予言、すなわち、劣った身分の女性との間に生まれた娘が未来の「后」となることも、確実であろう。

光る君は、ご自分が皇位を継承して天皇の位に即《つ》くことを、そんなことはあるはずがないし、また、あってはならないことだ、と諦めていらっしゃる。「亡き桐壺院は、たくさん恵まれた皇子たちの中でも、とりわけ、私を可愛がってくださった。それでも、第二皇子である私に、『源《みなもと》』という姓を賜って、臣下の列にお加えなさった。そのお心を思うと、この私が皇位を望むことはあってはならないことである。私は、天皇になるという運命とは、大きくかけ離れた宿命を持って、この世に生まれてきたのだった」、とお思いである。

それでも、今、世間では誰一人として知る者はいないけれども、我が子である冷泉帝が、即位された。宿曜師たちの予言は、正しかったのだと、光る君は確信される。ならば、残りの二つ、明石の君が生んだ娘が后になることも、我が子の夕霧が太政大臣となって、政界の中心となることも確実であろう。

そして、光る君は、熟慮される。

「既に、冷泉帝の即位によって、宿曜師たちの予言が正しいことは、裏づけられた。残りも、確実であろう。自分が須磨から明石へと移った経緯を思い出すと、亡き桐壺院の導きと、住吉明神のお導きのお蔭であった。明石の君という女性も、まことに尋常ではない宿世を持って、この世に生まれてきたのだろう。だからこそ、あの偏屈で、思い込みの激しい父親――明石の入道――も、途方もない野望を娘に託して、娘と私とを婚姻させ、最高の未来を引き寄せようと奮闘したのであろう。

それにしても、将来は、確実に天皇の后――中宮――、さらには『国母《こくも》』とおなりになるであろう高貴な女性が、播磨の国の明石という辺鄙な田舎で誕生されたのは、まことにもって、おいたわしく、勿体ないことである。ここしばらくは、私も公の政《まつりごと》が立て続いていて、時間の余裕がないけれども、ゆくゆくは、お生まれになった姫君を、その母親ともども、都にお呼びしよう」。

こうお思いになった光る君は、これまでお住まいだった二条院の東側に、新たに建物を建築なさっているが、その造営を急ぐように命じられる。二条院は、光る君の母親である桐壺更衣の実家であった。その東側の土地（二条東院）は、亡き桐壺院から相続した土地である。ここには、花散里《はなちるさと》のような女性を住まわせようとお考えだったのだけれども、明石の君もここに住んでいただこうとお考えのようである。

［宣長説］

光源氏の未来を左右する重要な予言であるが、宣長は、特段の意見を述べていない。『湖月抄』の解釈でよい、という意思表示であろう。

［評］　本書は、『湖月抄』の本文を読むことを大原則としている。現代では、藤原定家が校訂した「青表紙本」系統の中でも「大島本」と呼ばれる写本で、本文を作成することが主流になっている。その大島本には、宿曜の予言のうち、「中の劣り腹《ばら》に、女は、出《い》で来《き》給ふべし、とありし」という箇所が欠落している。

『湖月抄』の本文では、「中の劣り」という言葉が重複していることから、大島本の欠落と見るほうが、自然だと思う。

14—3　光源氏、住吉に詣でる……明石の君とのすれ違い

秋、内大臣の光源氏は、住吉大社に参詣した。明石から都に戻ってきて、一年が経過していた。自分が須磨から明石へ移ったのも、そもそも都から須磨・明石へ旅をしたのも、明石の君と結ばれ、二人の間に姫君が誕生するためであり、すべては住吉の神の計らいであったことに感謝するためである。

その日、たまたま、明石の君も参詣に訪れていたが、光源氏のあまりの威勢の大きさに、名乗り出ることができなかった。それを知った光源氏が明石の君を慰める場面を読もう。「澪標」という巻名の由来である。

〔『湖月抄』の本文と傍注〕

かの明石の舟《惟光申し入るる也》、この響きに押されて、過ぎぬることも聞こゆれば、「知らざりけるよ」と、あはれにおぼす。神の御しるべおぼしいづるもおろかならねば、「いささかなる《明石上へおとづれたくおぼすなり》御消息《せうそこ》をだにして、心《明石の心を也》なぐさめばや。なかなかに、思ふらんかし」とおぼす。

御社《みやしろ》立ち給ひて、所々に逍遥《せうえう》を尽くし給ふ。難波《なには》の御祓《はら》へなど、ことに七瀬《ななせ》に、よそほしう《厳重也》仕《つかうまつ》り、堀江のわたり《仁徳の時はじめてほられたる川也》を御覧じて、「今はた同じ難波《なには》なる」と、御心《思ひあまり、ふととなへ給ひし也》にもあらで、うち誦《ず》ンじ給ふを、御車のもと近き惟光《これみつ》、承《うけたまは》りやしつらん、「さる召しもや」と、例に慣らひて、懐《ふところ》《懐中に用意したる也》にまうけたる柄《つか》みじかき筆《ふンで》など、御車停《とど》むる所にて、奉れり。「をかし」《源心にも心ばせを感じ給ふべし》とおぼして、畳《たたう》紙《がみ》に、

み《源》をつくし恋ふるしるしにここまでもめぐりあひけるえ
にはふかしな

とて賜《たま》《惟光に也》へれば、かしこの心知れる《明石の上の方の案内しりし者に也》下人《しもびと》して、やりけり。駒並《こまな》《源下向のさま也》べて、うち過ぎ給ふにも、心のみ《明石の心也》動くに、つゆばかりなれど、

いとあはれに、かたじけなくおぼえて、うち泣きぬ《御音信感涙せる也》。

かず《明》ならでなにはのこともかひなきになどみをつくし思ひそめけん

田《た》蓑《みの》の島《明石上御祓也　田蓑島也》に禊《みそぎ》仕《つかうまつ》る、御祓《はら》へのものに付けて《木綿（ゆふ）につけたるべし》奉る。

［湖月訳］

昨日、あの明石の君もまた、舟に乗って住吉まで参詣に来ていた。惟光が、そのことを、光る君のお耳に入れた。彼女は、内大臣となって権勢を極める光る君とその一行の威勢に圧倒され、光る君に挨拶もできず、引き下がったのだった。光る君は、「まったく気づかなかった」と、かわいそうに思われた。

そもそも、光る君がお后となるべき女児に恵まれたのは、住吉の神のお導きなのだった。須磨で大暴風雨と雷鳴に襲われた時に、明石の入道が舟を寄せて、住吉の神のしるべだと告げたことが、すべての始まりだった。光る君は、明石の君のことを、大切に考えていらっしゃる。それで、「明石の君には、せめて、簡単な手紙でもよいから、便りを出して、彼女の抱いた悩みを慰めてあげたい。昨日、私と同じ日に住吉に参詣して、なまじっか私たち一行の姿を見たがために、かえって、自分の身の程を強く思い知らされ、思い詰めていることだろう。今日になっても、私からの連絡がなかったのならば、かえって、彼女の悩みも加わることだろう」と、思いやっておられる。

光る君は、住吉大社をご出立になり、近くの名所をあちらこちらと逍遥《しょうよう》していらっしゃる。朝廷では、「七瀬《ななせ》」と言って、七つの「瀬」（水辺）で、毎月、人形《ひとがた》を流すお祓《はら》いをさせている。都の近くでも遠くでもなされているが、「大七瀬」とされるのは、「難波、農太、河俣、大島、橘の小島、佐久那谷、辛崎」の七か所である。その「難波」では、厳粛にお祓いをなさる。

また、仁徳天皇の御代に掘られたと伝えられる堀江のあたり（現在の天満川《てんまがわ》）を御覧になった。光る君は、ふと古歌を思い出され、思わず、「今はた同じ難波なる」と口ずさまれた。「わびぬれば今はた同じ難波なるみをつくしても逢はんとぞ思ふ」（『拾遺和歌集』元良親王）という歌の一節である。この歌の口ずさまれなかった、「みをつくしても逢《あ》はんとぞ思ふ」という部分に、光る君のお心がある。昨日は明石の君と逢いたかった、今日も逢いたい、というお気持ちである。

この牛車の中で、光る君が口ずさまれた「今はた同じ難波なる」という言葉を、惟光はすぐ近くで聞いていたのでしょう。彼は、常に準備万端で、光る君のどんな要求にも即座に応《こた》えられるように心がけていますから、「筆の必要が生じるかもしれない」と考え、硯や紙だけでなく、携帯用の柄《え》の短い筆も持参していました。牛車が停まったところで、惟光は車の中の光る君に、筆を差し入れます。

光る君は、惟光の心がけに「面白い」と感心なさり、畳紙《たとうがみ》に、歌をお書きつけになった。

みをつくし恋ふるしるしにここまでもめぐりあひけるえにはふかしな

（難波江には、舟人に水が深いことを知らせるための串が置かれていて、これを「澪標《みをつくし》」と言っています。「身を尽くし」との掛詞で、恋歌にも詠まれています。私は今、あなたへの深い恋心を胸に、難波江まで来て、澪標の実物を見ました。あなたと、ここで巡り逢えたのは、私たち二人の前世からの宿縁の深さを物語っているのでしょう。）

この歌を記した紙を惟光は光る君から賜り、光る君と明石の君との事情をよく知っている下人に命じて、明石の君に届けさせた。

一方の明石の君たちである。彼女たちは、光る君一行が豪華な馬を並べて通り過ぎるのを、黙って見ていた。むろん、このように立派な光る君と、取るに足らない身の上の自分との違いを痛感するにつけ、心の中では悩みが増大していた。そこへ、光る君の思いやりに溢れた歌が届いたものだから、たった一首の手紙とはいえ、無視して通り過ぎてもよいはずなのに、わざわざ歌を寄越されたのは、うれしくも、もったいなくも思われ、心が慰められ、女は感涙の涙をこぼした。

女の返事の歌は、やはり、「澪標」を詠み込んでいた。

かずならでなにはのこともかひなきになどみをつくし思ひそめけん

（私は身分も低く、取るに足らない女です。生きる甲斐もなく、愛される見込みもないのに、どうして難波の浦に置かれている澪標のように、恋に身を尽くして、あなたを愛してしまったのでしょうか。）

女は、この歌を、田蓑《たみの》の島で禊《みそぎ》をする時に用いる「木綿《ゆう》」に結び付けて、光る君にお届けしたのだった。

［宣長説］

特になし。

［評］　ここでも、『湖月抄』の本文と、大島本の本文は、異なっている。「難波の御祓へなど、ことに七瀬《ななせ》に、よそほしう仕《つかうまつ》り」の「七瀬に」の部分が、大島本には存在しない。

難波は「七瀬」の一つだから、あったほうが文脈がわかりやすくなる。

明石の君は、光源氏とのあまりの身分の違いに圧倒される。謡曲の『松風』では、須磨で侘び住まいをしている在原行平を、海女《あま》である松風・村雨の姉妹が慰める。だが、行平は、都へ戻る際に、姉妹を捨てていった。

明石の君は、光源氏から捨てられない。『湖月抄』は、須磨巻の巻末で、『日本書紀』のヒコホホデミの尊《みこと》（山幸彦）の神話を重ねていた。明石の入道が海神、明石の君が豊玉姫に対応している。豊玉姫は、出産する姿を男に見られ、海の世界へと帰っていった。明石の君と光源氏の関係は、これからどうなるのか。読者は、心配しながら先を読み進めることになる。

おわりに

本書は、「名場面でつづる『源氏物語』」シリーズの第Ⅱ巻である。

このシリーズは、江戸時代に北村季吟《きたむらきぎん》が著した『湖月抄《こげつしょう》』（一六七三年成立）に導かれて、『源氏物語』の豊饒な世界への扉を開くことを目指している。

私が国文学研究に志した昭和五十一年頃は、北村季吟（一六二四〜一七〇五）の評価は高くなかった。むしろ、「低かった」と言った方が正確である。

季吟と同時代を生きた契沖《けいちゅう》（一六四〇〜一七〇一）は、高い評価を受けていた。国文学の世界では、契沖より以後の「国学《こくがく》」研究を「新注《しんちゅう》」と呼び、近代国文学研究の出発点と見なしてきた。それに対して、季吟の「和学《わがく》」研究は「旧注《きゅうちゅう》」と呼ばれ、「新注」によって完全に乗り越えられた、とする見解が有力だった。「旧注」は学問以前の教訓的な評論で、「新注」は実証的な研究である、という理解である。

北村季吟には、「凡庸」とか「平凡」などという、レッテルが貼られていた。なおかつ、江戸幕府に重用されたことから、「権力にすり寄り、おもねった似非《えせ》文化人」と見なされていた。『湖月抄』も、通俗的な書物だと評価されていた。

ところが、私は二十一歳の学生時代に、秋山虔先生の『源氏物語』演習に参加するようになって、『湖月抄』の独創性と正統性に感嘆するようになった。『湖月抄』は、凡庸でも、平凡でもなく、日本文化の中心であり、主流であり、正統だった。ならば、「近代国文学」とは、古典研究の歴史においては、むしろ異端なのではないか。

このことを主張したくて、私は、「ミネルヴァ日本評伝選」の一冊として、『北村季吟……この世のちの世思ふことなき』を出版した（ミネルヴァ書房・二〇〇四年）。

この『北村季吟』の刊行直後に、恩師の秋山虔先生から、長文の封書をいただいた。このお手紙は、私の宝物である。その原文の引用は差し控えるが、秋山先生は、不肖の弟子である私の「志」を、理解してくださっていた。先生は、ご自身の研究人生の中で、北村季吟の『湖月抄』の占める位置についても、詳しく語っておられた。先生は、次のような内容を述べておられたのである。

《戦後の国文学研究は、契沖以後の国学の研究を「新注」として、崇めてきた。戦後の国文学研究を領導されたH先生が、「季吟は凡庸だ」という厳しい言葉を口にされるのを、何度も耳にした。ところが、自分自身が『源氏物語』の注釈に従事するようになって、『湖月抄』と季吟の学問について、端倪《たんげい》すべからざるものだと思うようになった。だから、「日本古典文学全集」（小学館）の『源氏物語』の頭注では、『湖月抄』が紹介している古注釈書の優れた見解を、スペースの許す範囲で、一つでも多く取り上げるように努めた。》

「このたび、貴兄の『北村季吟』を読み、溜飲が下がりました。快哉を叫びたい気持ちです」とまで、秋山先生は書いてくださった。私は、このお手紙を繰り返し読んでは、近代の（そして現代の）国文学研究が軽視してきた「鎌倉時代から江戸時代初期までの源氏学の蓄積」を、何とか再評価したいと、願い続けてきた。

このたび、「湖月訳　源氏物語の世界」全六冊に取り組むのは、このような、私自身の古典研究にかける初志・素志を、貫くためでもある。

『湖月抄』があれば、『源氏物語』を原文で味読することができる。その価値は、どんなに卓越した現代語訳よりも大きい。

本書は、紅葉賀《もみじのが》巻から澪標《みおつくし》巻までを鑑賞する。本書を読んでくださる読者の皆さんは、気づいてみたら、須磨《すま》・明石《あかし》の両巻を読み終えている。大きな山場を、ここで越えたのである。

『源氏物語』の構造を、私自身の言葉で述べさせてもらおう。光源氏が登場する「正篇《せいへん》」（桐壺《きりつぼ》巻から雲隠《くもがくれ》巻まで）は、光源氏という人間の「心の旅路」を描いている。

第一期は、光源氏の「自分が自分でない苦しみ」を描く部分。この部分は、多くの女君のあいだをさまよう恋愛体験が主眼である。

第二期は、光源氏が自己実現を遂げ、「自分が自分であることの喜び」を噛みしめる部分。壮年期に、六条院を営んだ時期である。この第一期と第二期を併せて「第一部」と呼ぶことがある。

第三期は、光源氏が、「自分が自分でしかない絶望」に打ちひしがれる時期。これが、「第二部」と呼ばれる部分であり、若菜上《わかなじょう》巻から始まる。

このあと、「続篇」として「宇治十帖」が書かれるが、これは、「『源氏物語』を超える『源氏物語』の模索」だと考えられる。「『源氏物語』を否定する『源氏物語』の模索」と言ってもよい。光源氏があれほど苦しんだ「自分」という概念が、本当に存在するのか、紫式部は徹底的に検証しようとしている。

このような『源氏物語』の全体像を念頭に置くと、光源氏の人生の第一期と第二期の分水嶺である「須磨・明石」の両巻を、本書で越えた意義は大きい。そして、このあとに、いくつもの分水嶺が待ち受けていることを知れば、心が躍るだろう。

次の『湖月訳　源氏物語の世界』第Ⅲ巻は、光源氏の人生の第二期「自分が自分であることの喜び」を満喫する内容となる。

さて、本書も、榛原《はいばら》の千代紙で、表紙を飾ることができた。「二葉葵山道《ふたばあおいやまみち》」である。本書には、「葵巻」が含まれている。

さらに言えば、賀茂祭（葵祭）では、二葉葵が用いられる。祭の舞台となっている賀茂神社には、たくさんの思い出がある。

上賀茂神社には、片岡社があるが、紫式部とも縁が深い。紫式部が、「時鳥《ほととぎす》声待つほどは片岡の森の雫《しずく》に立ちや濡れまし」という和歌を詠んだ場所である。片岡社の絵馬は、二葉葵のハート型をしており、紫式部の後ろ姿が描かれている。

下鴨神社では、葵祭の「社頭の儀」を拝見させてもらったことがある。また、境内の河合社は、『方丈記』を書いた鴨長明ゆかりの社なので、これまでに何度も足を運んだ。かつて、鴨長明を主人公とする小説『鴨長明　世は不思議なり』を、「電気新聞」紙上で連載したことがあり、思い出の場所である。

下鴨神社のすぐ近くの「石村亭《せきそんてい》」は、『源氏物語』を現代語訳した谷崎潤一郎の旧居「後《のち》の潺湲亭《せんかんてい》」である。ここで食事をして、離れにある書斎に入らせてもらった時に、谷崎という近代文学者が『源氏物語』という古典に求めたものが何であったのか、突然に理解できた。それは、「悪魔主義」と呼ばれた谷崎らしい、悪魔的な夢想だった。谷崎が読み改めた『源氏物語』は、「正しく生きる」ことを求めた『湖月抄』の理解とは正反対である。谷崎の小説『夢の浮橋』を論じた文章として、『解釈と鑑賞』二〇一〇年十月号に発表した。

本書の表紙を、少し離して眺めてほしい。榛原の「二葉葵山道」は、二葉葵の群落が、「山」の形で連続している「山道」文様である。『更級日記』の足柄山の場面にも、「山の中腹《なから》ばかりの、木の下《した》のわづかなるに、葵の、ただ三筋《みすち》ばかりあるを、『世離《よばな》れて、かかる山中《やまなか》にしも生《お》ひけむよ』と、人々、あはれがる」とあることが思い合わされる。

本書でも、橋本孝氏と江尻智行氏の共同作業が実現した。このお二人の協力なしに、このシリーズはありえませんでした。

花鳥社の橋本孝氏の友情に、感謝します。
組版については、トム・プライズの江尻智行氏に、多大なご尽力をいただきました。ありがとうございました。

島内景二

二〇二四年五月十五日　葵祭の日に

島内景二（しまうち・けいじ）

一九五五年長崎県生
東京大学文学部卒業、東京大学大学院修了。博士（文学）
現在　電気通信大学名誉教授
二〇二〇年四月から二年間、NHKラジオ第二「古典講読・王朝日記の世界」を担当。二〇二三年四月から再び「古典講読・日記文学をよむ」を担当。二〇二四年四月から「古典講読・名場面でつづる『源氏物語』」を担当。

主要著書
『新訳建礼門院右京大夫集』『新訳更級日記』『新訳和泉式部日記』『新訳蜻蛉日記　上巻』『王朝日記の魅力』
『新訳紫式部日記』『新訳　うたたね』『新訳　十六夜日記』『和歌の黄昏　短歌の夜明け』（共に、花鳥社）
『塚本邦雄』『竹山広』（コレクション日本歌人選、共に、笠間書院）
『源氏物語の影響史』『柳沢吉保と江戸の夢』『心訳・鳥の空音』（共に、笠間書院）
『北村季吟』『三島由紀夫』（共に、ミネルヴァ書房）
『源氏物語に学ぶ十三の知恵』（NHK出版）
『大和魂の精神史』『光源氏の人間関係』（共に、ウェッジ）
『文豪の古典力』『中島敦「山月記伝説」の真実』（共に、文春新書）
『源氏物語ものがたり』（新潮新書）
『御伽草子の精神史』『源氏物語の話型学』『日本文学の眺望』（共に、ぺりかん社）
歌集『夢の遺伝子』（短歌研究社）

湖月訳　源氏物語の世界　II
［名場面でつづる「源氏物語」］

二〇二四年六月三十日　初版第一刷発行

著者……島内景二
発行者……相川　晋
発行所……株式会社　花鳥社
https://kachosha.com
〒一〇一-〇〇五一　東京都千代田区神田神保町一-五十八-四〇二
電話　〇三-六三〇三-二五〇五
FAX　〇三-六二六〇-五〇五〇

カバー装画……千代紙「日本橋　榛原」©提供
組版……江尻智行
印刷・製本……モリモト印刷

ISBN 978-4-86803-002-7 C1095

和歌の黄昏　短歌の夜明け

好評既刊　島内景二 著

歌は、21世紀でも「平和」を作りだすことができるか。
日本の近代を問い直す！

「『古今和歌集』から日本文化が始まる」という新常識のもと、千四百年の歴史を誇る和歌・短歌の変遷を丁寧にひもとく。「令和」の時代を迎えた現代が直面する、文化的な難問と向かい合うための戦略を問う。江戸時代中期に興り、本居宣長が大成した国学は、平和と調和を祈る文化的エッセンスである「古今伝授」を真っ向から否定した。『古今和歌集』以来の優美な歌では、外国文化と戦えないという不信感が『万葉集』を復活させたのである。強力な外来文化に立ち向かう武器として『万葉集』や『古事記』を持ち出し、古代を復興した。あまつさえ、天才的な文化戦略家だった宣長は、「パックス・ゲンジーナ」（源氏物語による平和）を反転させ、『源氏物語』を外国文化と戦う最強の武器へと組み換えた。これが本来企図された破壊の力、「もののあはれ」の思想である。だが、宣長の天才的な着眼の真意は、近代歌人には理解されなかった。『源氏物語』を排除して、『万葉集』のみを近代文化の支柱に据えて、欧米文化と渡り合おうとする戦略が主流となったのである。

Ａ５判、全３４８ページ・本体２８００円＋税

新訳 建礼門院右京大夫集

好評新刊　島内景二著『新訳シリーズ』

『建礼門院右京大夫集』は恋の思い出をもっとも美しい言葉で書き綴った古典文学だと思います。思い出す、忘れない、記憶しつづけることで、かつての恋人は命を失ったあとも右京大夫の心の中で生きつづけます。思い出に生きた建礼門院右京大夫という女性が亡くなった後も『建礼門院右京大夫集』という作品が残りました。この作品を読むことで、右京大夫の心の中の大切な思い出は世々に残され、読者に伝わり、蘇ります。『建礼門院右京大夫集』という作品を少年時代に愛読した文学者に三島由紀夫がいることを紹介いたしました。「玉刻春《たまきはる》」という小説に『建礼門院右京大夫集』の和歌が引用されているのでした。三島は「たまきはる」を書き上げた直後に「世々に残さん」という小説を書いています。これは『建礼門院右京大夫集』の跋文に記されている定家の歌にあった言葉ですね……。昭和の太平洋戦争に直面した男女が、この作品、『建礼門院右京大夫集』を愛読した事実は思い出という人間の行為のリアリティと崇高さを物語っています……ＮＨＫ「古典講読」最終回より

四六判、全５８２ページ・本体２７００円＋税

新訳 十六夜日記

好評新刊　島内景二 著　――作者の体温がいきいきと伝わる『新訳』シリーズ

『古事記』以後、明治維新まで「古典文学」が生まれ続けた「古典の時代」の中間点を阿仏尼は生きた。『十六夜日記』以前と以後とで、日本文学や日本文化は異なる様相を呈している。

文学とは何か。日本文学、いや、日本文化の要となっている「和歌」とは何か。そのことを、突き詰めて考えたのが『十六夜日記』である。中世文化は、藤原定家から始まった。……その定家の子（後継者）である藤原為家の側室が、阿仏尼だった。定家を水源として流れ始めた中世文化のながれは、為家の時代で二条家、京極家、冷泉家という三つに分流した。その分流の原因となったのが、阿仏尼にほかならない。その意味でも『十六夜日記』は、日本文化の分水嶺だと言える。

本作は阿仏尼五十五歳の頃の日記。亡夫、為家の遺産を我が子に相続する訴訟のため、都から東海道をくだって鎌倉に下向した旅を描く。苦悩も絶望も、阿仏尼はわたしたち現代人となんと似通っていることか。

四六判、全310ページ・本体2200円+税

王朝日記の魅力

好評新刊　島内景二著

本書はこの数年に公刊した『新訳更級日記』『新訳和泉式部日記』、『新訳蜻蛉日記　上巻』の姉妹版です。NHKラジオ放送と連動してそれぞれの全文の現代語訳は果たされたが、放送では話されたものの既刊3冊には含まれていない台本を基にして書き下ろされたものです。

三浦雅士氏評『毎日新聞』2021年10月23日「今週の本棚」掲載　〈古典が現代に蘇るのはなぜか〉

名著である。記述新鮮。冷凍されていた生命が、目の前で解凍され、再び生命を得て動き出す現場に立ち会っている感じだ。道綱の母も孝標《たかすえ》の娘も和泉式部も、生身の女性として眼前に現われ、それぞれの思いをほとんど肉感的な言葉で語り始める。ですます調ではないが、もと放送用に書かれたからかもしれない。だがそれ以上に、著者が女たちに共鳴し、それが読者にまで及ぶからだと思える。

『蜻蛉日記』中巻、『更級日記』、『和泉式部日記』の三部から成る。目次を見て、なぜ『蜻蛉日記』の上巻からではなく中巻から始まるのか、などと訝《いぶか》しく思ってはならない。中巻は『蜻蛉日記』作者の夫・兼家らの策謀によって、醍醐《だいご》帝の皇子で臣籍降下した源高明《たかあきら》失脚の安和《あんな》の変から始まる。藤原一族の外戚政治が決定的になった事件である。この兼家の子が道隆、道綱、道長なのだ。

言うまでもなく、道隆の娘・定子が一条帝に嫁した後宮で清少納言の『枕草子』が書かれ、同じ帝に嫁した道長の娘・彰子の後宮のもとで紫式部の『源氏物語』が書かれた。『源氏物語』が、その心理描写において、いかに『蜻蛉日記』の影響下に書かれたか、言葉遣いはもとより、人間関係の設定そのものに模倣の跡が見られることが、記述に沿って説明されてゆく。しかも、『源氏物語』に死ぬほど憧れたのが『更級日記』の作者・孝標の娘であり、彼女は道綱の母の姪《めい》にほかならなかった。

まるで、ある段階の藤原一族がひとつの文壇、それも世界文学史上まれに見る高度な文壇を形成したようなもの。さらにその孝標の娘が、『夜の寝覚《ねざめ》』『浜松中納言物語』の作者である可能性が高いと著者は言う。読み進むにつれて、それは間違いないと思わせる。『浜松中納言物語』に描かれた輪廻《りんね》転生が三島由紀夫の「豊饒《ほうじょう》の海」四部作まで流れてくるわけだが、日本語の富というほかない。日本文学は、一族が滅ぼしたその相手側の悲劇を深い同情の念をもって描く美質をもっていることに、あらためて感動する。

むろん、すべて周知のことだろうが、これまでは独奏、室内楽として読まれてきた日記や物語が、じつは巨大なオーケストラによる重厚な交響曲の一部にほかならなかったことが明かされてゆくのである。その手際に驚嘆する。

この手法はどこから来たか。著者には、古典現代語訳のほかに、『北村季吟』『三島由紀夫』という評伝があってその背景を窺《うかが》わせるが、とりわけ重要なのは、評伝執筆後、雑誌『日本文学』に発表された評論「本居宣長と対話し、対決するために」である。十年ほど前の作だがネットで読める。季吟、宣長、橘守部《たちばなもりべ》三者の、王朝語に向き合う姿勢を対比して、古代がイデオロギーとして機能してゆくそのダイナミズムを論じたものだが、最後に浮き彫りにされるのは現代あるいは現在というものの重要性というか謎である。

小林秀雄『本居宣長』冒頭は折口信夫との対話の様子から始められるが、印象に残るのは「宣長は源氏ですよ」と別れ際に語った折口の一言。著者の評論は、この小林と折口の対話の焦点を理解するに必須と思えるが、それ以上に、本書『王朝日記の魅力』の淵源《えんげん》を端的に語る。王朝文学が21世紀の現在になぜ生々しく蘇《よみがえ》るのか、その謎の核心に迫るからである。

四六判、全490ページ・本体2400円＋税

新訳 うたたね

好評新刊　島内景二著　『新訳』シリーズ

……阿仏尼が若き日の「恋と隠遁と旅」を物語のように書き紡いだのが『うたたね』という作品だった。『うたたね』は、阿仏尼が藤原為家と出会った頃に書き始められ、完成したのだろう。『うたたね』の最初の読者は、あるいは為家だったのかもしれない。『源氏物語』を咀嚼しているだけでなく、『源氏物語』の注釈研究を自家薬籠中のものとし果《おお》せた阿仏尼の輝かしい才能を、為家は深く愛したのではなかったか。為家の愛を勝ち取るために、阿仏尼は、『源氏物語』を武器として、懸命に運命と戦ったのである。為家の愛は、文学に向けられていた。阿仏尼は、美しい文学を生み出せる、稀有の才能の持ち主だった。その証しが、『うたたね』である。

はじめに……『うたたね』への誘い　Ⅰ　北山を出奔……ある恋の終わり
Ⅱ　西山と東山での日々……籠もりの果てに
Ⅲ　東下りと帰京……ある旅の記録　あとがき

四六判、全220ページ・本体1800円＋税

新訳紫式部日記

好評既刊　島内景二著　『新訳』シリーズ

『源氏物語』作者は、どのような現実を生きていたのか。

……私は、文学的な意味での「新訳」に挑戦したかった。すなわち、「批評としての古典訳」の可能性を開拓したかったのである。これまでの日本文化を踏まえ、新しい日本文化を切り開く、そういう「新訳」が必要だと思い続けてきた。

『紫式部日記』の本文は……現在の研究の主流である黒川本ではなくて、群書類従本を使うことにした。それは、黒川本だけでは解釈できない箇所が、いくつも残っているからである。ならば、日本の近代文化を作り上げた人々が、実際に読んできた「群書類従」の本文で読みたい、と思う気持ちが強くなった。むろん、黒川本と違っている箇所には、できるだけ言及するつもりである。

『紫式部日記』では、一条天皇の中宮である彰子に仕えた紫式部によって、日本文化が一つの頂点に達した十一世紀初頭の宮廷文化の実態が、ありのままに記録されている。そこに、『紫式部日記』の最大の魅力がある。

――「はじめに」より

はじめに…紫式部と『紫式部日記』への誘い　Ⅰ　日記（寛弘五年・一〇〇八年）　Ⅱ　日記（寛弘六年・一〇〇九年）　Ⅲ　ある人に宛てた手紙（消息文）　Ⅳ　日記（寛弘七年・一〇一〇年）　あとがき

四六判、全552ページ・本体2400円＋税

新訳蜻蛉日記 上巻

好評既刊　島内景二著　『新訳』シリーズ

『蜻蛉日記』を、『源氏物語』に影響を与えた女性の散文作品として読み進む。『蜻蛉日記』があったからこそ、『源氏物語』の達成が可能だった。作者「右大将道綱の母」は『源氏物語』という名峰の散文作品の扉を開けたパイオニアであり、画期的な文化史的意味を持つ。

はじめに　『蜻蛉日記』への誘い　Ⅰ　序文　Ⅱ　天暦八年（九五四）　十九歳　Ⅲ　天暦九年（九五五）　二十歳　Ⅳ　天暦十年（九五六）　二十一歳　Ⅴ　天暦十一年＝天徳元年（九五七）　二十二歳　Ⅵ　応和二年（九六二）　二十七歳　Ⅶ　応和三年（九六三）　二十八歳　Ⅷ　応和四年＝康保元年（九六四）　二十九歳　Ⅸ　康保二年（九六五）　三十歳　Ⅹ　康保三年（九六六）　三十一歳　Ⅺ　康保四年（九六七）　三十二歳　Ⅻ　康保五年＝安和元年（九六八）　三十三歳　XIII　跋文

四六判、全408ページ・本体1800円＋税

新訳和泉式部日記

好評既刊　島内景二著『新訳』シリーズ

もうひとつの『和泉式部日記』が蘇る！

底本には、現在広く通行している「三条西家本」ではなく、江戸から昭和の戦前まで広く読まれていた「群書類聚」の本文、「元禄版本」（「扶桑拾葉集《ふそうしょうようしゅう》」）を採用。あなたの知らない新しい【本文】と【訳】、【評】で、「日記」と「物語」と「歌集」の三つのジャンルを融合したまことに不思議な作品〈和泉式部物語〉として、よみなおす。

四六判、全328ページ・本体1700円＋税

新訳更級日記

好評既刊　島内景二著『新訳』シリーズ

安部龍太郎氏（作家）が紹介——「きっかけは、最近上梓された『新訳更級日記』を手に取ったことです。島内景二さんの訳に圧倒されましてね。原文も併記されていたのですが、自分が古典を原文で読んできていなかったことに気づきました。65年間もできていなかったのに〝今さら〟と言われるかもしれませんが、むしろ〝今こそ〟読むべきだと思ったんです。それも原文に触れてみたい、と」……

『サライ』（小学館）２０２０年８月号「日本の源流を溯る〜古典を知る愉しみ」より

「更級日記」の一文一文には、無限とも言える情報量が込められ、それが極限にまで圧縮されている。だから、本作の現代語訳は「直訳」や「逐語訳」では行間にひそむモノを説明しつくせない。「訳」は言葉の背後に隠された「情報」を拾い上げるものでなければならない。踏み込んだ「意訳」に挑んだ『新訳更級日記』によって、作品の醍醐味と深層を初めて味読できる『新訳』に成功。

第2刷出来　四六判、全４１２ページ・本体１８００円＋税

湖月訳 源氏物語の世界Ⅰ　名場面でつづる『源氏物語』

島内景二 著

『湖月抄』の読み方を知ることから、現代にふさわしい、新しい「源氏物語」の読み方が姿を現してくる。

「このシリーズは、江戸時代に北村季吟が著した『湖月抄』（一六七三年成立）に導かれて、『源氏物語』の豊饒な世界への扉を開くことを目指している。」「私は、近代の（そして現代の）国文学研究が軽視してきた「鎌倉時代から江戸時代初期までの源氏学の蓄積」を、何とか再評価したいと、願い続けてきた。「湖月訳 源氏物語の世界」全六冊に取り組むのは、このような、私自身の古典研究にかける初志・素志を貫くためでもある。『湖月抄』があれば、『源氏物語』を原文で味読することができる。その価値は、どんなに卓越した現代語訳よりも大きい。」

第Ⅱ巻「おわりに」より

全六巻の構成と刊行予定　Ａ5判　各巻300ページ平均

第Ⅰ巻　既刊（四月刊）　全二九八頁　本体二〇〇〇円＋税
はじめに……『湖月抄』でたどる『源氏物語』
1 桐壺巻を読む～6 末摘花巻を読む　おわりに

第Ⅱ巻　既刊（六月刊）　全三二八頁　本体二〇〇〇円＋税
はじめに
7 紅葉賀巻を読む～14 澪標巻を読む　おわりに

第Ⅲ巻（八月刊）～（以後二ヶ月毎に配本）　全六巻：二〇二五年二月完結